노인과 바다

위의 큐알코드를 스캔하면 한글판 PDF와
영문판 PDF를 다운받을 수 있습니다.

노인과 바다
The Old Man and the Sea

2025년 5월 10일 초판 1쇄 인쇄
2025년 5월 15일 초판 1쇄 발행

지은이 어니스트 헤밍웨이
옮긴이 더페이지
발행인 손건
편집기획 김미정
마케팅 최관호
디자인 김정희
제작 최승용
인쇄 선경프린테크
이미지 www.shutterstock.com

발행처 열린문학
주소 서울시 영등포구 영신로 34길 19
등록번호 제 312 - 2006 - 00060호
전화 02) 2636 - 0895
팩스 02) 2636 - 0896
이메일 elancom@naver.com

ISBN 979-11-7142-080-3 03840

*열린문학은 LanCom의 문학 · 인문 브랜드입니다.

노인과 바다

The Old Man and the Sea

어니스트 헤밍웨이 지음 + 더페이지 옮김

열린
문학

인간은 파멸당할 수는 있어도
패배할 수는 없다

노인은 조각배를 타고 멕시코 만류에서 홀로 고기잡이를 하고 있었다. 그는 84일 동안이나 고기를 한 마리도 잡지 못했다. 처음 40일 동안은 소년이 곁에 있었다. 하지만 고기를 잡지 못하고 40일이나 지나자 소년의 부모는 노인이 이제 영락없는 '살라오'가 되어버렸다고 말했다. 이 말은 최악의 불운한 인간이라는 뜻이다.

그래서 소년은 부모가 시키는 대로 다른 배로 옮겨 탔는데, 그 배는 출어 첫 주에 이미 상당히 큰 물고기를 세 마리나 잡았다. 소년은 날마다 노인이 빈 배로 돌아오는 것을 보고 마음이 아파서, 노인을 마중나가 노인이 감아놓은 낚싯줄이나 갈고리와 작살 그리고 돛대에 말아놓은 돛을 옮겨 나르는 일을 도왔다. 돛은 밀가루 포대로 덧대어 꿰맨 것이어서 펼쳐 올리면 마치 영원한 패배를 상징하듯 몹시 초라해 보였다.

노인은 비쩍 마르고 목 뒷덜미에는 깊은 주름이 패여 있었다. 그의 양쪽 뺨에는 열대의 바다에 반사된 뜨거운 햇볕이 선사한 피부암의 검버섯들이 보였다. 검버섯들은 얼굴 아래쪽까지 퍼져 있었고, 손에는 큰 고기를 잡을 때 밧줄을 다루다가 생긴 깊은 주름 같은 흉터가 있었다. 흉터들 중 새로 생긴 것은 없었다. 고기를 못 잡은 지 오래 되었기 때문이다. 그래서 흉터들은 마치 사막의 침식지형처럼 보였다.

노인의 육체는 모든 면에서 노쇠했지만, 푸른 바다와 같은 색깔의 두 눈만큼은 생기가 넘쳤고, 불굴의 투지가 엿보였다.

"산티아고 할아버지, 저 다시 할아버지와 함께 배를 탈 수 있어요. 돈을 좀 벌었거든요."

소년은 노인과 함께 배를 바닷가로 끌어올리며 말했다. 노인은 전부터 소년에게 고기잡이를 가르쳐 주었고 소년은 노인을 무척 따랐다.

"아니다. 그 배는 운이 따르는 배야. 그냥 그 배를 타거라." 노인이 말했다.

"하지만 전에 87일 동안이나 고기를 한 마리도 못 잡다가 3주 동안 매일 큰 놈을 잡은 적도 있잖아요."

"그래, 기억난다. 네가 나를 못 믿어서 떠난 게 아니라는 것도 알아." 노인이 말했다.

"아버지가 할아버지 곁을 떠나라고 했어요. 저는 아직 어리기 때문에 아버지 말을 들어야 해요."

"나도 안다. 당연한 일이지."

"아버지는 저한테 믿음이 별로 없어요."

"그래, 하지만 우리는 믿음이 있지. 그렇지?"

"제가 테라스[1]에서 맥주 한 잔 사드릴까요? 이것들은 나중에 함께 나르고요." 소년이 말했다.

"그럼! 우린 같은 어부잖아."

그들이 테라스에 자리를 잡자 여러 어부들이 노인에 대해 수군대며 놀렸지만 노인은 화내지 않았다. 그나마 나이 지긋한 어부들 중 일부는 슬픈 기색으로 노인을 바

---

1 술집 이름

라보았다. 하지만 두 사람은 아무 내색 하지 않고 조류가 어떤지, 낚싯줄을 얼마나 깊이 내렸는지, 계속되는 좋은 날씨와 자신들이 바다에서 경험한 것에 대해 점잖게 대화를 나누었다.

그날 수확이 많은 어부들은 일찌감치 부두로 돌아와서 청새치의 배를 가르고 널빤지 두 장에 길게 걸쳐놓고 널빤지마다 두 사람씩 양쪽에 붙어 비틀거리며 생선 저장 창고로 운반했다. 창고에서 그들은 아바나[2]의 어시장으로 싣고 갈 냉동트럭을 기다렸다.

상어를 잡은 이들은 조금 떨어진 상어 처리 공장으로 그것을 운반했다. 거기에서 도르래와 밧줄로 상어를 끌어올리고 내장을 빼내고 지느러미를 잘라냈다. 그리고 껍질을 벗기고 살코기는 토막 내어 소금에 절였다.

동쪽에서 바람이 불어오면 상어 처리 공장에서 나는 냄새가 항구를 가로질러 여기까지 풍겼다. 그런데 오늘은 바람이 북쪽으로 갔다가 약해져서 냄새가 희미하게 느껴질 뿐이었다. 햇살이 비쳐든 테라스는 쾌적했다.

---

2 쿠바의 수도

"산티아고 할아버지." 소년이 불렀다.

"왜?"

노인은 맥주잔을 들고 옛날을 회상하고 있었다.

"내일 필요한 정어리를 갖다드릴까요?"

"아니다. 가서 야구나 하고 놀아. 난 아직 노를 저을 수 있고 그물은 로헬리오가 던져줄 거야."

"그래도 갖다드리고 싶어요. 할아버지와 함께 배를 타지 못한다면 다른 거라도 도와드리고 싶어요."

"내게 맥주를 사줬잖니. 너도 이제 다 커서 사내가 되었구나."

"맨 처음 저를 고기잡이에 데려가 주셨을 때 제가 몇 살이었죠?"

"다섯 살이었지. 그때 잡은 고기가 발버둥치는 바람에 배가 부서지고 네가 죽을 뻔했던 거 기억나니?"

"기억나요. 꼬리로 여기저기 후려쳐서 판자가 부서지고 할아버지가 그놈을 몽둥이로 때리셨죠. 그리고 젖은 낚싯줄이 감긴 뱃머리에 저를 내던지셨지요. 배가 요동을 치고 할아버지는 마치 나무를 쓰러뜨리듯 그놈을 때려 눕히셨죠. 저에겐 온통 피비린내가 덮쳤고요."

"진짜로 기억하는 거니, 아니면 내가 그렇게 말해준 거니?"

"우리가 처음으로 같이 고기잡이를 나갔을 때부터 전부 다 기억해요."

햇볕에 타 거무스레한 노인은 자신감 넘치는 시선으로 사랑스럽게 소년을 바라보았다.

"네가 내 아들이라면 너를 데리고 나가 모험을 걸어보고 싶구나. 하지만 네겐 아버지와 어머니가 있고, 지금은 운이 따르는 배를 타고 있잖아."

"정어리를 갖다 드릴까요? 미끼로 네 마리쯤 가져올 수 있어요."

"오늘 것도 아직 남았단다. 소금에 절여 두었지."

"싱싱한 것으로 네 마리 갖다 드릴게요."

"한 마리면 된다."

노인이 말했다. 그에겐 아직 희망과 자신감이 엿보였다. 그 자신감은 상쾌한 바람이 지나갈 때 더욱 힘을 얻었다.

"두 마리 드릴게요."

"그럼 두 마리로 하자꾸나." 노인이 동의했다.

"근데 훔친 건 아니지?"

"그럴 수도 있었지만 이건 돈 주고 샀어요."

"고맙구나."

노인은 아주 순박해서 자신이 언제 겸손을 체득했는지 알지 못했다. 하지만 자신이 겸손해졌음을 알게 되었고 그게 부끄러운 일도 아니며 진정한 자존심을 상하게 하는 것도 아니라는 것을 알았다.

"이런 조류라면 내일 날씨는 좋을 것 같구나."

"어디로 가실 거예요?" 소년이 물었다.

"멀리 나갔다가 바람이 바뀌면 돌아와야지. 날이 새기 전에 나가야겠는걸."

"저희 주인 아저씨한테도 멀리 나가서 조업하자고 해볼게요. 그러면 할아버지가 큰 놈을 잡으실 때 저희가 도와드릴 수 있잖아요."

"그 사람은 멀리 나가는 걸 달가워하지 않을 거야."

"맞아요. 하지만 저는 새가 사냥을 하는 것처럼, 아저씨가 보지 못하는 것을 볼 수 있으니까 만새기를 쫓아 멀리 나가도록 해 볼게요."

"그 사람 눈이 그렇게 나쁘니?"

"거의 장님이나 마찬가지죠."

"이상하구먼. 그 사람은 바다거북 사냥을 간 적도 없는데. 바다거북 사냥을 하면 눈이 망가지거든."

"하지만 할아버지는 모스키토 해안[3]에서 여러 해 동안 바다거북 사냥을 하셨지만 눈이 좋으시잖아요."

"난 좀 별난 늙은이지."

"그런데 할아버지는 지금도 아주 큰 고기를 잡으실 만큼 튼튼하시죠?"

"괜찮을 게다. 게다가 여러 가지 요령도 있으니까."

"이제 장비들을 집으로 가져가시죠. 그래야 제가 투망을 가지고 정어리를 잡으러 갈 수 있거든요."

두 사람은 배에서 장비를 집어 들었다. 노인은 어깨에 돛대를 짊어지고 소년은 단단히 꼰 갈색 낚싯줄을 감아 넣은 상자와 갈고리, 작살을 날랐다.

3 온두라스와 니카라과에 있는 카리브 해안

미끼가 든 상자는 커다란 물고기를 제압할 때 쓰는 몽둥이와 함께 선미 밑에 두었다. 노인의 물건을 훔쳐갈 사람은 없겠지만, 돛과 무거운 낚싯줄은 밤이슬을 맞지 않는 게 좋으니까 집에 가져가는 것이었고, 갈고리와 작살을 배에 그냥 두면 동네 사람들에게 괜한 유혹을 일으킬 수도 있다고 노인은 생각했다.

두 사람은 언덕길을 걸어 올라가 노인이 사는 판잣집의 열려 있는 문으로 들어갔다. 노인은 돛을 둘둘 감은 돛대를 벽에 기대어 놓았고, 소년은 그 옆에 상자와 다른 장비를 놓았다. 돛대는 그 집의 방 길이만큼 되었다. 판잣집은 구아노(guano)라는 대형 야자수의 질긴 껍질로 만들었는데 집안에는 침대, 식탁, 의자가 하나씩 있고 흙바닥에는 숯불을 피워 요리를 하는 자리가 있었다. 질긴 섬유질의 구아노 잎을 여러 겹 붙인 갈색 벽에는 예수 성심상과 코브레의 성모 마리아 그림이 걸려 있었다. 이것들은 아내의 유품이었다. 전에는 색을 입힌 아내의 사진을 걸어두었지만 볼 때마다 울적한 기분이 들어 구석에 있는 선반의 깨끗한 셔츠 밑에 두었다.

"드실 것 좀 있으세요?" 소년이 물었다.

"노란 밥하고 생선이 있어. 좀 먹어볼래?"

"아뇨, 저는 집에 가서 먹을게요. 제가 불을 피워드릴까요?"

"아니다. 내가 나중에 피우마. 아니면 그냥 찬밥을 먹을 수도 있고."

"투망을 가져가도 돼요?"

"물론이지."

사실 투망은 없었다. 소년은 노인이 투망을 언제 팔아치웠는지 기억하고 있었다. 하지만 두 사람은 이런 연극 같은 대화를 매일 주고받았다. 노란 밥과 생선도 없다는 것을 소년은 알고 있었다.

"85는 행운의 숫자란다." 노인이 말했다.

"내장을 빼내고도 500킬로그램이 넘는 놈을 내가 잡아온다면 어떻겠니?"

"제가 투망을 가져가서 정어리를 잡아올게요. 할아버지는 문간에서 햇볕을 쬐실래요?"

"오냐. 어제 신문이 있으니 야구 기사나 읽으련다."

소년은 어제 신문이 꾸며낸 얘기인지 아닌지 알 수 없었다. 하지만 노인은 침대 밑에서 신문을 꺼냈다.

"보데가[4]에서 페리코가 준 거란다."

노인이 설명했다.

"정어리를 잡으면 돌아올게요. 할아버지 거랑 제 거랑 같이 얼음에 재웠다가 아침에 나누면 돼요. 제가 돌아오면 야구 얘기를 해주세요."

"보나마나 양키스가 이기겠지."

"근데 저는 클리블랜드 인디언즈에게 질까 봐 걱정이에요."

"얘야, 양키스를 믿어야지. 그 위대한 디마지오가 있잖니."

"전 디트로이트 타이거즈나 클리블랜드 인디언즈도 만만치 않다고 생각해요."

"정신차려라. 그러다가 신시내티 레즈나 시카고 화이트삭스까지 겁내겠구나."

"잘 읽으시고 제가 돌아오면 말씀해주세요."

---

4 Bodega 스페인어, 식료품점 겸 간이식당

"끝자리가 85인 복권을 한 장 사두면 어떻겠니? 내일이 85일째니까."

"그럴 수도 있죠. 하지만 할아버지의 87일이라는 엄청난 기록은 어쩌시고요?"

"그런 일은 다시 오지 않을 거야. 85로 끝나는 복권은 살 수 있겠니?"

"한 장 주문할게요."

"한 장에 2달러 50센트란다. 누구한테 돈을 빌릴 수 있을까?"

"그건 쉬워요. 2.5달러 정도는 언제라도 빌릴 수 있거든요."

"나도 빌릴 수 있을 게다. 하지만 빌리지 않으려고 해. 돈을 빌리다 보면 나중엔 구걸을 하게 되는 거야."

"몸을 따뜻하게 하고 계세요. 할아버지. 지금은 9월이라고요."

"큰 고기를 만나게 되는 철이지. 5월이라면 아무라도 어부 행세를 할 수 있지만 말이다."

"그럼 저는 정어리 잡으러 갈게요." 소년이 말했다.

소년이 돌아왔을 때 노인은 의자에 앉아 잠들어 있었고 해는 져 있었다.

소년은 침대에서 낡은 군용 담요를 가져다가 의자 등받이에 펴서 노인의 어깨를 덮어 드렸다. 노인의 어깨는 늙었지만 아직 힘이 느껴져 묘한 느낌이었다. 목덜미도 여전히 강인해 보였고, 머리를 숙이고 자고 있었기 때문에 목덜미 주름은 눈에 띄지 않았다.

셔츠는 돛과 마찬가지로 여러 군데 천을 대고 기워져 있었는데 햇빛을 받아 모두 제각기 다른 색조로 바래져 있었다. 노인의 머리는 꽤나 늙어 보였고 눈을 감은 얼굴에는 생기가 없어 보였다. 무릎 위에 신문이 펼쳐져 있었지만 노인의 팔이 누르고 있어서 저녁 바람에도 날아가지 않았다. 발은 그냥 맨발이었다.

소년이 노인 곁을 떠나 밖에 나갔다가 돌아왔을 때도 노인은 아직 잠에 빠져 있었다.

"할아버지, 그만 일어나세요."

소년은 한 손을 노인의 무릎에 얹고 말했다. 노인은 눈을 떴다. 하지만 머나먼 곳에서 돌아오고 있는 것처럼 정신을 차리는 데 잠시 시간이 걸렸다. 노인이 미소를 지으며 말했다.

"뭘 갖고 온 게냐?"

"저녁 먹을거리를 가져 왔어요. 함께 먹으려고요."

소년이 말했다.

"그리 시장하지는 않구나."

"어서 드세요. 안 드시면 고기잡이를 못하세요."

"난 그렇게 살아왔는걸."

노인은 말하면서 일어나 신문을 접었다. 그러고는 담요를 갰다.

"담요는 덮고 계세요. 제가 살아 있는 동안은 할아버지가 식사도 안 하시고 고기잡이 나가시는 일은 없을 거예요." 소년이 말했다.

"그럼 네가 오래 살아야겠구나. 부디 몸조심해라."

노인이 말했다.

"뭘 먹자는 거냐?"

"까만 콩밥하고 바나나 튀김하고 스튜가 있어요."

소년은 테라스에서 두 단으로 된 쇠그릇에 음식을 담

아 가져온 것이다. 종이 냅킨으로 싼 나이프, 포크, 스푼 두 세트는 그의 주머니에 들어 있었다.

"이건 누가 준 거냐?"

"주인 마틴 씨예요."

"그 양반에게 고맙다고 인사를 해야겠구나."

"제가 이미 인사했어요. 할아버지는 안 하셔도 괜찮아요." 소년이 말했다.

"큰 고기를 잡게 되면 그에게 뱃살을 줘야겠다. 전에도 우리에게 이런 음식을 베푼 적이 있지?"

"그럴 거예요."

"그러면 생선 뱃살로는 부족하겠군. 우리를 무척이나 생각해주는 구나."

"맥주도 두 병 주셨어요."

"나는 캔맥주를 제일 좋아하는데."

"저도 알아요. 하지만 이건 아투에이[5] 병맥주예요. 빈 병은 제가 돌려줄 거예요."

"착하구나. 그럼 이제 먹어볼까?"

---

5 쿠바 맥주 상표, 스페인의 폭정에 저항운동을 한 영웅의 이름을 딴 것

"아까부터 드시라고 말씀드렸잖아요. 할아버지가 드실 준비가 되지 않아서 아직 뚜껑도 열지 않았어요."

소년이 상냥하게 말했다.

"이제 준비 됐어." 노인이 말했다.

"손 씻을 시간이 좀 필요했던 것뿐이란다."

어디에서 손을 씻으셨다는 말씀인가? 소년은 생각했다. 마을 수돗물은 두 블록은 걸어 내려가야 하는 거리에 있었다. 할아버지께 물을 길어다 드려야겠다고 소년은 생각했다. 비누와 깨끗한 수건도 필요하시겠어. 내가 왜 그런 생각을 못했을까? 겨울에 입으실 셔츠하고 재킷 그리고 구두하고 담요도 갖다드려야겠어.

"스튜 맛이 아주 그만이구나." 노인이 말했다.

"야구 얘기를 듣고 싶어요." 소년이 청했다.

"아메리칸 리그에선 내가 말한 양키스가 최고지."

"양키스는 오늘 졌어요." 소년이 말했다.

"그건 별 거 아니지. 위대한 디마지오가 다시 실력 발휘를 할 거야."

"양키스엔 다른 선수들도 있잖아요."

"그야 그렇지. 하지만 디마지오는 다른 존재야. 다른 리그, 그러니까 미국 내셔널리그에서 브루클린하고 필라델피아가 시합을 한다면 나는 브루클린을 택할 거야. 그러면 딕 시슬러가 생각이 나고 또 예전 구장에서 그가 날린 안타들이 생각나는구나."

"시슬러의 안타는 정말 엄청났죠. 제가 본 것 중에 가장 멀리 안타를 날리는 선수였어요."

"그 선수가 테라스에 가끔 왔던 거 생각나니? 고기잡이에 데려가고 싶었지만 쑥스러워서 말을 걸지 못했지. 그래서 내가 말을 걸어보라고 너에게 부탁했지만 너도 무척이나 수줍어서 말을 못했지."

"생각나요. 그건 정말 큰 실수였어요. 말했으면 그가 우리와 함께 갔을지도 모르는데요. 그럼 평생 자랑거리가 되었을 거예요."

"나는 그 위대한 디마지오를 고기잡이에 데려가고 싶어. 사람들이 그러는데 그 사람 아버지도 어부였단다. 아마 그 사람도 우리처럼 가난했을 거고 우리를 이해해 줬을 거야."

"시슬러 선수의 아버지는 가난하지 않았어요. 그 아버지가 제 나이 때 이미 메이저리그에서 경기를 하고 있었어요."

"내가 네 나이 때는 아프리카까지 가는 가로돛을 단 범선의 선원이었단다. 저녁이면 해변에서 사자를 보곤 했지."

"알아요. 말씀해주셨어요."

"아프리카가 좋을까 야구가 좋을까?"

"야구 얘기가 좋아요. 대선수 존 호타 맥그로[6]에 대해 얘기해주세요."

소년은 J를 호타[7]라고 발음했다.

"그 선수도 예전에는 테라스에 오곤 했어. 근데 술만 마시면 난폭하고 말도 거칠어져서 상대하기 힘들었어. 그리고 야구 못지않게 경마에 빠져 주머니엔 경주마 명단을 갖고 다녔지. 틈만 나면 전화로 경주마 이름을 말하더구나."

---

6 1900년대부터 1932년까지 뉴욕 자이언츠에서 활약한 선수 겸 감독
7 J의 스페인어 발음

"그는 굉장한 감독이었어요. 저희 아버지가 그러는데 가장 위대한 감독이었대요." 소년이 말했다.

"그건 맥그로가 여기 자주 왔기 때문이지. 만일 듀로셔[8]가 매년 여기에 왔다면 아마도 네 아버지는 그 사람을 최고라고 얘기했을 거다." 노인이 말했다.

"그러면 누가 최고의 감독일까요? 루케와 마이크 곤잘레스 중에서요."

"내 생각에 두 사람은 비슷한 수준이야."

"그리고 뱃사람 중에 최고는 할아버지세요."

"아니다. 나보다 나은 사람들을 알고 있단다."

"케 바[9]. 세상엔 유능한 어부들이 많고 더러는 아주 뛰어난 어부도 있지만, 할아버지보다 나은 사람은 없어요." 소년이 말했다.

"고맙구나. 넌 나를 기분 좋게 만드는구나. 너무나 큰 고기가 걸려서 우리 생각이 틀렸다는 걸 증명하지나 않았으면 좋겠구나."

8 1940~50년대까지 브루클린 다저스와 뉴욕 자이언츠 감독
9 스페인어로 '천만에요'라는 뜻.

"그런 고기는 없어요. 할아버지께서 말씀하신대로 아직 기력이 좋으시면은요."

"내 생각만큼 그렇게 강하지 않을지도 모르지. 하지만 난 수많은 기술과 정신력이 있단다."

"내일 아침에 기운을 내시려면 이제 그만 주무세요. 저는 이것들을 테라스에 돌려줘야 해요."

"너도 잘 자. 내일 아침에 너를 깨우러 가마."

"할아버지가 제 자명종이세요." 소년이 말했다.

"내겐 나이가 자명종이지. 늙은이들은 왜 그렇게 일찍 일어나는 걸까? 하루를 좀 더 오래 살고 싶은 걸까?"

"저는 모르죠. 제가 아는 건 아이들은 늦게 자고 깊이 잠든다는 거죠."

"그래, 나도 그건 기억이 난다. 너는 내가 늦지 않게 깨워주마."

"주인 아저씨(선주)가 깨워주는 건 싫어요. 제가 못난 놈이 된 것 같아서요."

"이해한다."

"할아버지, 안녕히 주무세요."

소년은 나갔다. 그들은 불도 켜지 않고 식사를 마쳤다. 컴컴한 곳에서 노인은 바지를 벗고 잠자리에 들었다. 바지로 신문지를 둘둘 말아 베개를 만들고, 담요로 몸을 둘둘 말고, 침대 스프링을 신문지로 덮고 그 위에 누웠다.

노인은 금방 잠들었고, 소년 시절에 갔었던 아프리카 꿈을 꾸었다.

길게 펼쳐진 황금빛 해변, 눈이 부셔 쳐다보기도 힘들었던 새하얀 해변, 높이 솟은 곶과 거대한 갈색 산맥이 나타났다. 요즘 노인은 그 해변에서 매일 살다시피 했다. 성난 파도소리를 들었고, 노를 저어 다가오는 원주민의 배들도 보았다. 노인은 잠결에 갑판의 타르 냄새와 뱃밥[10] 냄새를 맡았고, 아침마다 뭍에서 불어오는 미풍에 담긴 아프리카의 냄새를 맡았다.

평소에는 미풍에 실린 뭍바람 냄새를 맡으며 일어나 옷을 챙겨 입고 소년을 깨우러 갔다. 그런데 오늘밤은 뭍바람 냄새가 아주 일찍 풍겨왔다.

10 낡은 밧줄을 풀어 배가 새지 않도록 틈새를 메우는 것

꿈속에서조차 너무 이르다는 생각이 들었고, 이어서 바다 위에 솟은 섬들의 하얀 봉우리들, 그리고 카나리아 군도[11]의 많은 항구들과 난바다의 정박지도 펼쳐졌다.

그는 더 이상 폭풍우나 여자들의 꿈을 꾸지는 않게 되었다. 큰 사건들이나 큰 물고기나 싸움이나 힘자랑하기나 먼저 떠난 아내도 더 이상 꿈에 나타나지 않았다.

이제는 꿈에서 여러 지역이나 해변에 나타난 사자들만 보게 되었다. 사자들은 해질 무렵 어린 고양이들처럼 뛰어놀았다. 노인은 소년을 사랑하는 만큼이나 사자들을 사랑했다. 꿈에서 소년을 본 적은 없었다.

문득 잠에서 깬 노인은 열린 문틈으로 달을 쳐다보고 둘둘 말아놓은 바지를 펴서 입었다. 그는 판잣집 밖에 나가서 소변을 보고, 소년을 깨우러 길을 걸어 올라갔다. 새벽 한기에 몸이 떨렸다. 하지만 그는 몸이 떨리지만 잠시 후면 몸이 따뜻해지고 또 바다에서 노를 젓게 되리라고 생각했다.

---

11 아프리카 북서부 대서양에 있는 7개의 스페인령 섬들

소년이 사는 집은 문이 잠겨있지 않았다. 그는 문을 열고 맨발로 조용히 들어갔다. 소년은 첫 번째 방 간이 침대에서 자고 있었다. 기울어가는 달빛으로 노인은 소년의 모습을 또렷이 확인할 수 있었다.

그는 소년의 한쪽 발을 부드럽게 쥐었다. 잠시 후 소년이 눈을 뜨고 고개를 돌려 노인을 바라보았다. 노인은 고개를 끄덕여 보였고, 소년은 침대 옆 의자에 걸친 바지를 집어 침대에 앉은 채 입었다.

노인이 밖으로 나가자 소년도 따라 나왔다. 소년은 아직 졸음과 싸우고 있었고, 노인은 소년의 어깨에 팔을 걸치고 말했다.

"미안하구나."

"케 바. 남자라면 당연히 해야 할 일이죠."

소년이 말했다.

두 사람은 노인의 판잣집까지 걸어 내려갔다. 컴컴한 길에는 맨발의 사내들이 각자 자기 배의 돛대를 짊어지고 걸어가고 있었다.

노인의 판잣집에 도착하자 소년은 바구니에 든 낚싯줄 감은 것과 작살, 갈고리를 들었고 노인은 돛을 감은 돛대를 어깨에 멨다.

"커피 드시겠어요?" 소년이 물었다.

"이것들을 배에 가져다 놓고 나서 함께 마시자꾸나."

두 사람은 새벽부터 어부들을 상대하는 가게에서 연유 깡통에 커피를 받아 마셨다.

"잘 주무셨어요?"

소년이 물었다. 소년은 아직 졸음을 떨치지 못했지만 이제 좀 정신이 들기 시작했다.

"아주 잘 잤다. 마놀린." 노인이 대답했다.

"오늘은 자신감이 생기구나."

"저도 그래요. 그럼 할아버지와 제몫의 정어리하고 미끼를 가져와야겠어요. 할아버지의 새 미끼하고요. 저희 배의 주인 아저씨는 장비를 꼭 직접 나르세요. 절대로 남에게 시키지 않아요."

"우리는 다르지. 나는 네가 다섯 살 때부터 물건을 나르게 했지." 노인이 말했다.

"저도 알아요. 금방 돌아올게요. 커피 한 잔 더 드시고 계세요. 여기는 우리도 외상이 통하니까요."

소년은 맨발로 산호 자갈길을 걸어 미끼를 저장해둔 얼음 창고로 갔다.

노인은 커피를 천천히 마셨다. 하루 종일 아무것도 먹지 못할 것이 뻔하므로 커피는 꼭 마셔야 했다. 오래 전부터 먹는 것이 귀찮아져서 점심을 싸가는 일이 없었다. 뱃머리에 둔 물 한 병만으로 하루를 견디는 것이었다.

소년은 정어리와 신문으로 싼 미끼 두 마리를 가지고 돌아왔다. 두 사람은 발밑으로 자갈 모래를 느끼면서 배가 있는 곳까지 걸어갔다. 그리고 조각배를 들어 바닷물에 밀어 넣었다.

"행운을 빌어요, 할아버지."

"행운을 빈다." 노인이 말했다.

노인은 노를 묶어놓은 밧줄을 노걸이 못에 맸다. 그러고 몸을 앞으로 숙여 물속에 노를 힘차게 저어 캄캄한 항구를 빠져 나갔다. 다른 해변에서도 배들이 바다로 나아가고 있었다.

달이 산 너머로 져버려서 다른 배들을 볼 수는 없었지만, 노 젓는 물소리가 들렸다. 어쩌다 배에서 누군가 말하는 소리가 들렸다. 하지만 대부분의 배들은 노 젓는 소리만 낼뿐이었다. 항구를 벗어나자 배들은 뿔뿔이 흩어져서 각자 고기를 잡으려는 해역으로 향했다.

노인은 멀리 나갈 생각이었으므로 뭍 냄새를 뒤로 하고 새벽의 신선한 바다 냄새를 향해 노를 저었다. 어부들이 '큰 우물'이라 부르는 곳까지 갔을 때 노인은 해초가 인광[12]을 발하고 있는 것을 보았다. 그곳은 바다 수심이 갑자기 700패덤[13]이나 깊어지기 때문에 그런 이름이 붙은 것이었다.

이곳 해류가 해저의 가파른 경사면에 부딪쳐 소용돌이를 만들기 때문에 수많은 종류의 물고기들이 모여들었다. 여기엔 새우와 미끼고기들이 떼를 지어 모여 있고, 가장 깊은 곳에는 오징어 떼도 있었는데 밤이 되면 수면까지 올라와 어슬렁거리는 물고기들의 먹잇감이 되었다.

12 어둠 속에서 나타나는 빛
13 약 1,280m

어둠 속에서도 노인은 새벽이 다가오는 것을 느낄 수 있었다. 노를 저으면서 그는 날치가 수면 위로 솟구치면서 몸을 떠는 소리와, 어둠 속에서 빳빳한 날개가 만들어내는 쉭쉭하는 소리를 들었다.

노인은 날치를 무척 좋아하여 바다에서 첫째가는 친구라고 여겼다. 하지만 새는 불쌍하게 생각했다. 특히 작고 연약한 어두운 색깔의 제비갈매기는 먹이를 찾아내려고 날아다니지만 언제나 허탕을 치는 것이었다.

그래서 노인은 생각했다. 약탈하는 새나 힘센 새를 제외하면 새들은 인간보다 더 힘겨운 삶을 살아가는구나. 바다는 몹시 잔혹해질 수도 있는데 제비갈매기들은 왜 이렇게 여리고 가냘프게 만들어졌을까?

바다는 친근하고 무척 아름답지. 하지만 바다는 몹시 잔혹해지기도 하는데 그런 순간은 갑자기 찾아오는 거야. 그런데 수면에 부리를 쪼아 사냥하며 작고 구슬픈 소리로 우는 그런 새들은 바다에서 살아가기엔 너무 연약하게 만들어졌어.

노인은 항상 바다를 '라 마르[14]'라고 생각했다. 이 말은 사람들이 바다에 애정을 가지고 부르는 표현이었다. 바다를 사랑하는 사람들도 때로는 바다를 욕하기도 하지만 언제나 바다를 여성형으로 부르는 것이었다.

뱃사람들 중 어떤 젊은이들은 낚시찌 대신 부표를 사용하고, 상어 간을 팔아 제법 돈을 벌어 모터보트를 가진 사람들은 바다를 남성형으로 '엘 마르(el mar)'라고 불렀다. 그들은 바다를 경쟁자나 일터, 심지어 적대자인 것처럼 얘기했다.

하지만 노인은 언제나 바다를 여성으로 생각하여 큰 선물을 베풀거나 또는 허락하지 않는 존재라고 생각했다. 바다가 거칠어지거나 재앙을 일으켜도 그런 것은 바다도 어쩔 도리가 없어서 그러는 것이라고 생각했다. 달이 여자에게 영향을 미치듯 바다에도 영향을 미치기 때문이라고 노인은 생각했다.

노인은 계속 노를 저었다. 해류가 가끔 소용돌이치는 곳을 제외하면 바다는 아주 잔잔했고, 노인이 노를 젓는

---

14 la mar 스페인어로 여성 대명사

속도가 일정했기 때문에 별로 힘들지 않았다. 노인은 노 젓는 힘의 삼분의 일을 해류에 맡겼다. 그래서 동이 틀 무렵에 그는 이미 그 시간에 원했던 곳보다 멀리 나와 있었다.

'깊은 우물에서 일주일이나 작업을 했지만 헛수고였으니, 오늘은 가다랑어와 날개다랑어 떼가 있는 곳으로 가봐야겠군. 큰 놈이 그 중에 섞여 있을지도 몰라.'

노인은 생각했다.

완전히 동이 트기 전에 그는 미끼를 드리우고 바닷물이 흐르는 대로 배를 내맡겼다. 첫 미끼는 70미터 아래로 드리웠다. 두 번째 미끼는 130미터 깊이였고, 세 번째와 네 번째는 180미터와 220미터까지 깊은 바닷속에 담궜다. 미끼고기들은 머리를 아래로 향하도록 낚싯바늘의 곧은 부분은 미끼고기의 몸통을 꿰뚫고 있었다. 바늘의 구부러진 끝 부분에는 신선한 정어리가 감싸고 있었다. 튀어나온 부분은 정어리의 두 눈을 꿰뚫어 반원형 화환처럼 보였다. 낚싯바늘의 어느 부분도 큰 고기에게 달콤하고 구미가 당기지 않는 부분은 없었다.

소년이 노인에게 준 날개다랑어 두 마리는 가장 깊숙이 드리운 낚싯바늘에 추처럼 달아놓았고, 다른 낚싯줄에는 푸른 전갱이와 갈전갱이를 매달아 놓았다. 이것들은 전에 사용했던 것이지만 아직 충분히 괜찮은 상태였고, 이들과 더불어 유혹할 싱싱한 정어리도 매달았다.

큰 연필만큼 굵은 낚싯줄에는 녹색 찌가 묶여 있어서 고기가 미끼를 잡아당기거나 건드리면 녹색 막대형 찌가 물속에 잠기게 되는 것이다. 어느 낚싯줄이나 70미터 길이의 밧줄이 두 줄씩 달려 있고, 여차하면 여분의 줄을 연장할 수도 있으므로 물고기가 500미터 넘게 줄을 끌고 가게 할 수도 있었다.

이제 노인은 조각배의 측면 너머로 낚시찌 막대 세 개가 기우는지 지켜보면서 조심스레 노를 저으며 낚싯줄이 적당한 수심에서 팽팽하게 드리워지도록 했다. 이제 사방이 상당히 밝아졌고 금방이라도 해가 떠오를 것 같았다.

해가 바다 위로 살짝 모습을 보이자 노인은 다른 배들을 볼 수 있었다. 다른 배들은 수면에 바짝 붙어 해안 쪽으로 뒤처져 조류 너머에 흩어져 있었다. 해가 점점 더 빛을 더하더니 이윽고 수면 위로 떠올라 바다에 빛을 쏟아놓았다.

수면이 햇빛을 반사하여 눈이 부셨다. 노인은 해 뜨는 쪽을 외면하고 노를 저었다. 그는 물속을 내려다보고 깊은 어둠속으로 줄이 곧게 내려갔는지 확인했다. 그는 누구보다도 낚싯줄을 곧고 팽팽하게 드리울 수 있었는데, 그렇게 해야만 그가 원하는 깊이에 미끼를 위치시키고 물고기가 지나가기를 기다릴 수 있는 것이었다. 다른 어부들은 낚싯줄을 해류에 떠다니도록 두었기 때문에 미끼가 180미터 깊이에 있다고 생각하지만 실제로는 100미터 깊이에 있는 경우가 많았다.

'하지만 나는 낚싯줄을 정확히 드리울 수 있지. 내게 운이 없었던 것뿐이야. 하지만 누가 알겠어. 오늘이라도 운이 찾아올지. 하루하루는 매일 새로운 날이야. 운이 따르면 더 좋겠지만, 어쨌든 나는 정확히 하는 걸 택하겠어. 준비된 자에게 행운이 찾아오는 법이니까.' 그는 생각했다.

해가 솟아오른 지 두 시간이 지나자 이제는 동쪽을 바라보아도 눈이 부시지 않았다. 이제 시야에 들어오는 배는 세 척밖에 없었다. 그것도 아주 멀리 해안 쪽으로 수면에 밀착되어 보였다.

'이른 아침 해는 평생 내 눈을 괴롭혔지. 하지만 내 눈은 아직 괜찮아. 저녁 해는 똑바로 바라봐도 눈이 침침해지지 않지. 사실 저녁 햇살이 더 강력한 것인데, 눈을 아프게 하는 건 아침 해야.' 그는 생각했다.

바로 그 순간 그는 군함새 한 마리가 검은 날개를 펴고 앞쪽 하늘을 맴도는 것을 보았다. 새는 날개를 뒤로 젖히고 비스듬히 곤두박질쳤다가 다시 하늘을 둥글게 선회했다.

"저놈이 뭔가 찾아냈구나. 그냥 사냥감을 찾고 있는 게 아니야." 노인이 소리쳤다.

노인은 새가 빙빙 도는 곳을 향해 천천히 계속 노를 저었다. 서두르지 않고 낚싯줄을 팽팽하게 유지하면서, 새를 보기 전보다는 빠르게, 물고기를 제대로 잡아 올릴 수 있도록 해류 속으로 배를 진입시켰다.

새는 다시 공중으로 더 높이 솟아올라 날개를 움직이지 않고 재차 선회비행을 했다. 그러다가 갑자기 수면으로 곤두박질쳤고, 노인은 날치가 수면 위로 튀어올라 필사적으로 날아가는 것을 보았다.

"만새기다! 아주 큰 만새기야!"

노인이 큰소리로 외쳤다. 노인은 노를 거둬들이고 뱃머리 밑에서 작은 낚싯줄을 꺼냈다. 철사 목줄에는 중간 크기의 낚싯바늘이 달려 있었는데 노인은 거기에 정어리 한 마리를 미끼로 끼웠다.

미끼를 배 측면으로 던지고 낚싯줄은 선미 쪽 고리에 단단히 묶었다. 그러고 나서 다른 낚싯바늘에 미끼를 끼우고 줄은 말아서 뱃머리 그늘에 놓았다. 그는 다시 노를 저으면서 긴 날개를 가진 검은 군함새가 낮게 날며 사냥하는 것을 지켜보았다.

새는 날개를 기울이고 다시 수면까지 급강하하여 요란하게 날개를 푸드덕거리며 날치를 추격했다. 노인은 수면이 살짝 부풀어 오르는 것을 보았다. 큰 만새기가 달아나는 날치를 쫓아 수면까지 올라온 것이다.

만새기는 아마도 날아가는 날치 아래쪽 물밑에서 물살을 가르며 나아가다가 날치가 아래로 떨어지면 번개같이 낚아챌 속셈인 모양이었다.

'엄청난 만새기 떼로군. 만새기들이 넓게 퍼져 있어서 날치가 무사할 가망은 희박하겠어. 군함새에게도 가능성은 없어. 새에겐 날치가 너무 크고 달아나는 속도가 무척 빠르니까.' 노인은 생각했다.

노인은 날치가 여러 번 거듭하여 물 위로 튀어오르고 새가 계속 허탕을 치는 모습을 지켜보았다.

'만새기 떼는 멀리 가버렸군. 그 놈들은 너무 빠르고 이미 멀리 떨어져 있어. 하지만 운이 좋다면 무리에서 떨어져 헤매는 놈을 한 마리 잡게 될지도 몰라. 내가 찾는 큰 놈이 만새기 떼 주변에 있을지도 모르지. 내가 찾는 놈은 어딘가에 있어.' 노인은 생각했다.

뭍에는 구름이 마치 산처럼 피어오르고 있었다. 해변은 그저 한 가닥 녹색 실선으로 보였고 그 뒤로 푸른 산들이 있었다. 바닷물은 이제 보라색에 가까운 어두운 청색을 띠고 있었다.

어두운 바닷물 속에 체로 친 듯한 붉은 플랑크톤들이 뿌려져 있었고 그 위에 햇빛이 비쳐 기묘한 색조를 띠고 있었다. 노인은 낚싯줄이 물속으로 똑바로 드리워졌는지 확인하면서, 수많은 플랑크톤을 보고는 흐뭇한 기분이 들었다. 그것은 물고기도 많이 있다는 의미이기 때문이다.

해가 높이 떠 있는 지금 이런 시간에 물속에 기묘한 색조가 어른거리는 것은 날씨가 쾌청해질 징조였다. 그것은 육지 위에 떠 있는 구름 모양으로도 알 수 있었다. 하지만 이제 그 새는 보이지 않았고, 바다 위에는 햇볕에 바래서 누렇게 된 해초가 여기저기 떠 있을 뿐 아무것도 보이지 않았다.

배의 양쪽 가장자리 근처에는 고깔해파리의 끈적거리는 보랏빛 기포가 무지개 빛깔로 반사되고 있었다. 고깔해파리는 옆으로 누워 있다가 몸을 일으켜 세웠다 하면서 1미터나 되는 치명적인 보랏빛 촉수를 물속에 늘어뜨리고 거품처럼 경쾌하게 떠다녔다.

"아구아말라[15]구나. 갈보처럼 추악한 것."

노인이 중얼거렸다.

노를 잡고 가볍게 움직이면서 노인은 물속을 들여다보았다. 해파리의 촉수와 같은 색깔을 띤 작은 물고기들이 수많은 촉수 사이를 헤엄치거나 해파리가 만든 그늘 밑에 모여 있었다. 사람과 달리 물고기들은 해파리의 독에 면역이 있는 것이다. 그래서 고기를 잡아 올릴 때 촉수들이 낚싯줄에 붙어 그것에 닿게 되면, 마치 담쟁이덩굴 독이나 옻나무 독이 오른 것처럼 손이나 팔에 물집이 생기고 부어오른다. 그런데 아구아말라의 독은 더 빨리 퍼지고 마치 채찍을 맞은 것처럼 부은 자국이 생겼다.

무지개 색깔을 띤 거품은 아름다웠다. 하지만 이것들은 바다에서 가장 '거짓된' 생물이었으므로, 노인은 덩치 큰 바다거북이 그것들을 잡아먹는 것을 보면 기분이 좋았다. 바다거북이 그것들을 발견하면 정면으로 접근하여 눈을 질끈 감고 몸을 등딱지 속에 감추고는 해파리를 촉수까지 모조리 먹어치웠다.

---

15 스페인어로 해파리, '유해한 물'이란 뜻

노인은 바다거북이 해파리를 먹어치우는 걸 구경하는 것도 좋아했지만 폭풍우가 지나고 나서 해변으로 떠밀려 온 해파리를 짓밟는 것도 좋아했다. 단단한 구두 뒤축으로 해파리를 밟을 때 퍽하고 터지는 소리를 듣는 것도 무척 좋았다.

노인은 우아하고 민첩하며 몸값도 비싸기 때문에 녹색 바다거북과 대모거북을 좋아했다. 하지만 덩치가 크고 둔한 붉은거북은 친근하게 느껴지면서도 한편 경멸스러웠다. 그들은 등딱지가 누렇고, 교미하는 모습도 이상하고, 눈을 감고 기분 좋게 고깔해파리를 먹어치우는 모습도 이상했다.

노인은 예전에 오랫동안 바다거북 사냥 배를 탄 적이 있어서 그런지 바다거북에 대해 신비감은 없었고, 거북이라면 종류와 상관없이 불쌍하게 생각되었다. 몸길이가 노인의 조각배만 하고 무게가 1톤이나 나가는 대형거북까지도 불쌍했다. 거북은 몸통을 토막 내도 심장은 몇 시간이나 더 뛰기 때문에 사람들은 대부분 거북에 대해 무자비하게 굴었다.

하지만 노인은 생각했다.

'내 심장도 그것들과 비슷하고, 내 팔다리도 그것들과 크게 다를 게 없어.'

노인은 힘을 내기 위해 거북의 흰 알을 먹었다. 9월과 10월에 아주 큰 놈을 잡기 위해 5월 내내 바다거북의 알을 먹고 스태미너를 비축하는 것이다.

노인은 또한 많은 어부들이 장비를 맡겨두는 판잣집에 가서 큰 드럼통에 담긴 상어간유를 매일 한 컵씩 마셨다. 그것을 원하는 어부는 누구나 마실 수 있었지만 대개는 그 맛을 혐오했다. 하지만 그걸 마시는 것이 아침에 일찍 일어나는 것보다 힘들지는 않을 것이다. 게다가 그걸 마시면 온갖 감기나 독감에도 예방 효과가 있고 시력에도 좋았다.

노인이 고개를 들어보니 군함새가 다시 나타나 선회하고 있었다.

"새가 고기를 찾아냈구나!"

노인이 큰소리로 말했다.

날치가 수면을 헤치고 나타난 것도 아니고 미끼고기가 흩어져 있는 것도 아니었다. 하지만 가만히 지켜보니 작은 다랑어 한 마리가 공중으로 솟아올랐다가 물속으로 들어갔다. 다랑어는 햇빛을 받아 은색으로 반사되었고, 이후 다른 다랑어들이 잇달아 뛰어올라 여기저기 물속으로 뛰어들었다. 다랑어들은 물을 휘젓고 미끼를 쫓아 멀리 뛰어올랐다. 미끼 주위를 맴돌면서 그것을 몰고 가고 있었다.

'놈들이 너무 빨리 가지만 않으면 나도 저 안에 들어갈 수 있겠는데.' 노인은 생각했다.

그는 하얗게 물거품을 일으키는 다랑어 떼와 겁에 질려 수면 위로 올라온 미끼고기를 노리고 물속으로 부리를 찌르는 군함새를 지켜보았다.

"새가 큰 도움이 되는구나." 노인이 말했다.

바로 그때 한 바퀴 감아서 발로 밟고 있던 배 뒤쪽 낚싯줄이 팽팽해졌다. 노인은 양쪽 노를 내려놓고 낚싯줄을 꽉 잡고 끌어당기면서 미끼를 물고 부르르 떠는 작은 다랑어의 무게를 느꼈다.

줄을 당길수록 진동의 힘이 커졌다. 얼마 후 물속에서 고기의 푸른 등과 황금빛 옆구리가 보였다. 노인은 뱃전에서 안쪽으로 휙 낚아챘다. 선미 바닥에 햇볕을 받고 누워있는 다랑어는 마치 탄탄한 총알을 연상케 했다. 놈은 멍한 눈을 뜨고 미끈하고 민첩한 꼬리로 배 판자를 후려치며 발버둥 치고 있었다. 노인은 자비로운 마음으로 떨고 있는 놈의 머리를 후려쳐 선미 쪽 그늘 아래로 걷어찼다.

"날개다랑어군. 훌륭한 미끼로 쓸 수 있겠어. 5킬로그램은 나가겠는 걸." 노인이 큰 소리로 말했다.

노인은 언제부터 혼자 있을 때도 큰 소리로 말하기 시작했는지 기억이 나지 않았다. 옛날엔 혼자 있을 때 노래를 불렀다. 활어선이나 거북잡이 배에서 야간 당번을 맡았을 때도 노래를 부르곤 했다. 아마도 소년이 이 배를 떠난 다음부터 큰소리로 혼잣말을 하는 버릇이 생긴 것 같았지만, 확실하지는 않았다.

소년과 함께 고기잡이를 할 때는 필요할 때만 말을 했다. 두 사람이 대화를 나누는 경우는 밤이나 폭풍우 같은 악천후로 힘겨울 때였다. 바다에서는 불필요한 말을 하지 않는 것을 어부들은 미덕으로 생각했고 노인은 이를 충실히 존중했다. 하지만 지금은 큰 소리로 자기 생각을 떠들어대도 신경 쓸 사람이 없었다.

"남들이 내가 큰소리로 지껄이는 걸 들으면 내가 미쳤다고 생각할 거야. 하지만 내가 미친 건 아니니까 상관없어. 돈 있는 뱃놈들은 라디오를 갖추고 야구중계를 듣고 있겠지." 노인이 큰소리로 말했다.

'지금은 야구 생각을 할 때가 아니야. 지금은 한 가지만 생각해야 해. 그걸 위해 내가 태어난 거지. 저 고기떼 주변에 큰 놈이 있을지도 몰라. 나는 먹이를 먹다가 무리에서 벗어난 다랑어 한 마리를 잡은 것뿐이야. 하지만 그놈들은 이미 멀리 번개같이 내빼고 있어. 오늘 수면에 나타난 놈들은 모두 북동쪽으로 아주 빨리 달아나고 있어. 하루 중 그런 때가 된 건가? 아니면 내가 모르는 어떤 날씨의 징조인가?' 그는 생각했다.

이제 녹색의 해안선은 보이지 않고, 그 위로 푸른 산의 능선만이 눈이 내린 것처럼 하얗게 보일 뿐이었다.

바다는 아주 컴컴하고 햇빛은 물속에서 무지개 색 프리즘을 만들고 있었다. 이제 무수한 플랑크톤 떼도 대낮의 햇볕에 사라져버렸고, 노인의 눈에 보이는 것은 바다 깊숙이에서 반짝이는 오색 빛과 1,600미터 깊이의 바다에 수직으로 드리운 낚싯줄뿐이었다.

다랑어는 다시 물속으로 자취를 감췄다. 어부들은 그런 종류의 고기를 모두 다랑어라고 불렀고, 팔 때나 미끼고기와 바꿀 때만 제대로 구별해서 이름을 불렀다. 이제 햇볕이 뜨거워졌다. 노인의 목덜미가 따가워졌고, 노를 젓는 그의 등에 땀이 줄줄 흘렀다.

'이제 배를 조류에 맡기고 한숨 잘까. 낚싯줄을 발가락에 묶어 놓으면 자다가도 금방 깰 수 있을 거야. 근데 오늘이 85일째이니까 잘 해야 해.' 노인은 생각했다.

바로 그때, 낚싯줄을 지켜보고 있던 그의 눈에 녹색 찌가 급격히 물속으로 들어가는 게 보였다.

"좋아." 그는 말했다.

"그래!" 그가 외쳤다.

노인은 배에 부딪치지 않도록 노를 거두어들였다. 팔을 뻗어 오른손 엄지손가락과 집게손가락으로 낚싯줄을 가만히 잡았다. 물고기가 끌어당기는 힘이나 무게는 없었지만 일단은 가볍게 붙잡고 있었다.

다시 감촉이 찾아왔다. 힘 있게 당기는 것이 아니라 시험 삼아 건드려 보는 감촉이었다. 노인은 정확히 느낄 수 있었다. 물속 180미터 아래에서는 청새치가 낚싯바늘을 둘러싼 정어리를 맛보는 중이었다. 노인이 만든 낚싯바늘이 작은 다랑어 머리를 꿰뚫고 삐져나와 있었다.

노인은 낚싯줄을 가만히 붙잡고 왼손으로 낚싯줄을 풀었다. 물고기가 아무런 긴장감도 느끼지 못하게 하려는 것이었다.

'이렇게 멀리까지 나왔고 9월이니 아주 큰놈이겠군. 먹어라, 물고기야, 먹어. 어서 먹으라고. 미끼가 얼마나 싱싱한지 맛을 봐. 너는 차갑고 어두운 180미터 물속에 있잖아. 어둠 속을 한 바퀴 돌고 와서 맛있게 먹으려무나.' 노인은 생각했다.

노인은 조심스럽고 가벼운 당김을 느꼈다. 그러고 나서 더욱 세게 당기는 것이 느껴졌다. 정어리 머리를 바늘에서 떼어내기가 힘든 모양이었다. 그러고는 더 이상 아무 반응도 없었다.

“뭐해.” 노인이 소리쳤다.

“한 번 더 와. 그냥 냄새만 맡아보라고. 먹음직스럽지 않니? 양껏 먹어. 다랑어도 있잖아. 탱탱하고 차갑고 먹음직스럽지? 어려워하지 말고 어서 먹어.”

노인은 엄지손가락과 집게손가락으로 낚싯줄을 잡고 가만히 지켜보았다. 그러면서 혹시 놈이 위아래로 이동하여 다른 미끼를 먹을 수도 있으니까 다른 줄도 주시했다. 그랬더니 잠시 후 똑같은 입질 감촉이 찾아왔다.

“이제 미끼를 먹겠지.” 노인이 소리쳤다.

“하느님, 놈이 미끼를 먹도록 도와줍소서!”

하지만 놈은 미끼를 물지 않았다. 놈은 사라지고 노인의 손에는 아무런 느낌도 남지 않았다.

“그냥 가버렸을 리는 없는데.” 노인이 말했다.

“절대로 가버렸을 리 없어. 한 바퀴 돌고 있는 거야.

전에 낚시에 걸린 적이 있어서 조심하는 모양이야."

그 순간 낚싯줄에 부드러운 반응이 왔다. 노인은 기분이 좋아졌다.

"역시 한 바퀴 돌고 온 거야. 이제 미끼를 물겠지."

가볍게 당기는 감촉은 기분 좋았지만, 곧 이어 믿기지 않을 만큼 묵직하고 단단한 힘이 느껴졌다. 그건 분명히 물고기의 무게였다. 그는 낚싯줄을 계속 풀어주고 여분으로 준비한 두 뭉치의 줄 가운데 하나도 풀기 시작했다. 낚싯줄이 손가락 사이로 풀려 내려가는 동안, 손가락에 힘을 주지 않았는데도 엄청난 무게가 느껴졌다.

"엄청난 놈이야. 그놈이 미끼를 주둥이 옆으로 물고 달아나고 있어."

'이제 놈은 한 번 돌고 미끼를 삼킬 테지.'

노인은 생각했다. 하지만 입 밖으로 소리 내어 말하지는 않았다. 왜냐하면 좋은 일은 미리 말을 해버리면 이루어지지 않는다는 것을 알고 있었으니까. 놈이 엄청난 대어임을 알아챈 노인은 캄캄한 물속에서 다랑어를 문 채 도망치려는 모습을 상상했다.

바로 그 순간 놈의 중량감은 그대로인 채 움직임이 정지했다. 당기는 중량감이 점점 무거워지자 노인은 줄을 더 풀어주었다. 그가 잠시 엄지손가락과 집게손가락으로 압력을 가하자 대어의 중량감이 더욱 묵직해지며 곧장 아래로 내려가기 시작했다.

"놈이 미끼를 물었어. 이제 편하게 먹도록 기다려줘야지." 노인이 말했다.

노인은 손가락 사이로 줄을 풀어주면서 왼손을 뻗어 예비용 낚싯줄 두 개 끝에 또 다른 낚싯줄 두 뭉치를 단단히 묶어 연결시켰다. 이제 준비는 모두 끝난 셈이다. 지금 풀어주고 있는 줄 말고도 70미터짜리 낚싯줄 뭉치가 세 개나 더 있으니까.

"많이 먹어. 천천히 꼭꼭 씹어 먹어." 노인이 말했다.

'낚싯바늘 갈고리가 심장을 찢어 숨통을 끊을 때까지 꿀꺽 삼켜. 자, 이제 떠올라야지. 내가 작살로 푹 찌를 수 있도록. 좋아. 이제 준비됐니? 그만하면 식사할 시간은 충분했겠지?' 노인은 생각했다.

"지금이닷!" 노인이 외쳤다.

노인은 손뼉을 치고 나서 양손으로 있는 힘껏 줄을 잡아당겼다. 다시 두 팔의 힘과 온몸의 무게를 실어 팔을 번갈아 내밀면서 줄을 당겼다.

하지만 놈은 반응이 없었다. 놈은 오히려 천천히 달아나는데 노인은 조금도 이쪽으로 끌어당기지를 못했다. 그 낚싯줄은 원래 대어를 잡기 위한 것이라 튼튼한 줄이었다. 줄을 어깨에 팽팽히 걸치고 있으니 물방울이 튀었다. 그러더니 물속에서 쉿쉿 하는 소리가 났다. 노인은 자리에 앉아 몸을 뒤로 버티고 줄을 당기고 있었고, 배는 북서쪽으로 천천히 움직이고 있었다.

놈은 일정한 속도로 헤엄쳤다. 조각배와 대어는 잔잔한 바다를 천천히 헤치며 앞으로 나아갔다. 다른 미끼들이 물속에 그대로 있었지만 어쩔 도리가 없었다.

"그 아이가 있으면 얼마나 좋을까!"

노인이 큰 소리로 말했다.

"나는 지금 고기에게 끌려가는 중인데, 밧줄을 내 몸에 걸고 있으니 완전히 밧줄걸이 신세네. 이 줄을 어딘가에 묶어놓을 수도 있지만 그러면 놈이 끊어버릴 거야.

버틸 수 있을 때까지 꼭 붙잡고 있어야 해. 필요하면 줄을 더 풀어줘야 하고. 그래도 깊이 물 속으로 들어가지 않고 옆으로 달아나주니 얼마나 고마워?"

물고기에게 끌려가고 있는 동안 오만가지 생각이 떠올랐다.

'이놈이 만일 아래로 잠수하면 어떻게 하지? 혹시 내려가서 죽어버리면 어떻게 하지? 하지만 어떻게든 되겠지. 찾아보면 방법은 있을 거야.'

노인은 여전히 줄을 등에 걸고, 그 줄이 물속으로 비스듬히 쭉 뻗어내려 간 채 배가 북서쪽으로 끌려가는 것을 보고 겁이 났다.

'이러다가 결국 힘이 빠질 거야. 내가 언제까지나 버틸 순 없잖아?'

그러나 네 시간이 지난 후에도 놈은 여전히 배를 끌고 달아나고 있었고, 노인도 등에 줄을 감은 채 버티고 있었다.

"저놈을 잡은 게 정오쯤이었지. 그런데 아직도 저놈의 모습을 보지 못했어." 노인이 말했다.

노인은 놈이 걸려들기 전부터 깊이 눌러쓰고 있던 밀짚모자 때문에 머리가 아팠다. 갈증도 심해졌다.

노인은 물을 마시려고 무릎을 꿇고 낚싯줄이 갑자기 당겨지지 않도록 조심하면서 조금씩 뱃머리 쪽으로 기다시피 움직여 물병을 잡았고, 마침내 뚜껑을 열고 물을 조금 마셨다.

그러고 나서 뱃머리 쪽에 몸을 기대고 좀 쉬었다. 돛대 받침에서 뽑아 놓은 돛대에 앉아 쉬는 동안에도 놈과의 싸움에서 이겨야겠다는 생각 말고는 없었다.

고개를 돌려 뒤를 보았다. 육지는 이제 보이지 않았다. 하지만 그는 상관없다고 생각했다. 언제라도 아바나 쪽에서 나오는 밝은 빛을 보고 항구로 돌아갈 수 있을 테니까.

'해가 지려면 아직 두 시간이나 남았고 그때까지는 수면으로 올라오겠지. 그때가 아니면 달이 떠오를 때까진 올라오겠지. 그때가 아니라면 내일 아침 동이 틀 때는 올라오겠지. 내 몸에서 쥐가 나지도 않고 아직 기운은 충분해. 주둥이에 낚싯바늘이 걸려있는 건 저놈이야. 그런데도 저렇게 끌고 가다니 엄청난 놈이다. 어떻게 생긴 놈인지 볼 수 있으면 좋겠는데. 나와 대결하는 놈이 어떤 놈인지 그 모습을 보면 알 수 있겠는데.'

노인은 생각했다.

노인은 별을 보고 그 동안의 위치 변화를 파악해 보았다. 놈은 밤새도록 방향을 바꾸지 않고 일직선으로 계속 진행하고 있었다.

해가 지자 추워졌고 그의 등과 팔다리에서 흘렀던 땀이 마르면서 한기가 느껴졌다. 다행히 낮에 미끼통을 덮어 놓았던 포대를 벗겨 햇볕에 말려두었었다. 어둠이 깔리자 노인은 그 포대로 목덜미를 감싸고 등을 덮은 다음 낚싯줄 밑으로 받쳐 넣었다. 포대가 쿠션 역할을 하니까 줄에 닿는 부분이 덜 아팠다. 노인은 이제 뱃머리에 등을 적당히 기대 편안한 자세를 취할 정도의 요령도 생겼다. 실제로는 불편한 자세를 겨우 모면한 정도였지만 그 정도의 편안함도 그에게는 천만다행이었다.

'현재로선 저놈이나 나나 어쩔 도리가 없어. 놈이 저렇게 계속 버티고 있으면 말이야.' 노인은 생각했다.

그러다가 일어나서 뱃전에 소변을 보고 나서 별을 보고 항로를 확인했다. 그의 어깨에서 곧장 물속으로 뻗어 내려간 낚싯줄은 마치 한 줄기 인광처럼 보였다. 이제 고기와 조각배는 속도가 느려졌고 아바나의 불빛이 그리 밝지 않은 걸로 보아 조류가 그들을 동쪽으로 데려가고 있는 걸 알 수 있었다. 이렇게 계속 동쪽으로 가면 아바나의 불빛이 이제 아예 안 보이게 될 거라고 노인은 생각했다.

'놈이 계속 이 방향을 유지한다면 앞으로 몇 시간은 더 아바나의 불빛을 볼 수 있을 거야. 오늘 메이저리그 경기는 어떻게 되었을까?' 노인은 생각했다.

라디오로 야구중계를 들을 수 있다면 얼마나 좋을까 생각하다가 노인은 다시 대어를 떠올렸다.

'이제 이놈만 생각해야지.' 노인은 다짐했다.

'지금 하고 있는 싸움에만 집중해야 해. 바보 같은 행동은 절대 안 돼.'

"그 아이가 있으면 얼마나 좋을까. 그 애가 나를 도와주고, 나랑 같이 이 광경을 구경할 텐데."

그는 다시 큰 소리로 말했다.

'늙으면 혼자 있는 게 좋지 않아. 하지만 어쩔 수 없는 일이지. 이제 저 다랑어가 상하기 전에 먹고 기운을 차리자. 먹기 싫어도 아침엔 꼭 먹어 둬야 해. 잊지 말자.'

노인은 속으로 다짐했다.

밤에 돌고래 두 마리가 조각배 주위를 맴돌며 텀벙거리고 물을 뿜는 소리가 들렸다. 그는 수컷이 물을 뿜는 소리와 암컷이 한숨 쉬듯 물을 뿜는 소리를 구별할 수 있었다.

"착한 놈들이야. 저놈들은 함께 놀고 함께 사랑하지. 날치와 마찬가지로 저놈들도 우리의 형제야."

노인이 말했다. 그러자 문득 자기 낚싯줄에 걸린 대어가 불쌍하다는 생각이 들었다.

'이놈은 굉장히 이상한 놈이야. 대체 나이를 얼마나 먹은 걸까? 이렇게 힘 세고, 이상하게 반응하는 놈은 난생 처음이야. 아마 영리한 놈이라서 난폭하게 날뛰지 않는 모양이야. 만약 놈이 사납게 물위로 솟아올라 날뛴다면 나는 도저히 감당할 수 없어.' 노인은 생각했다.

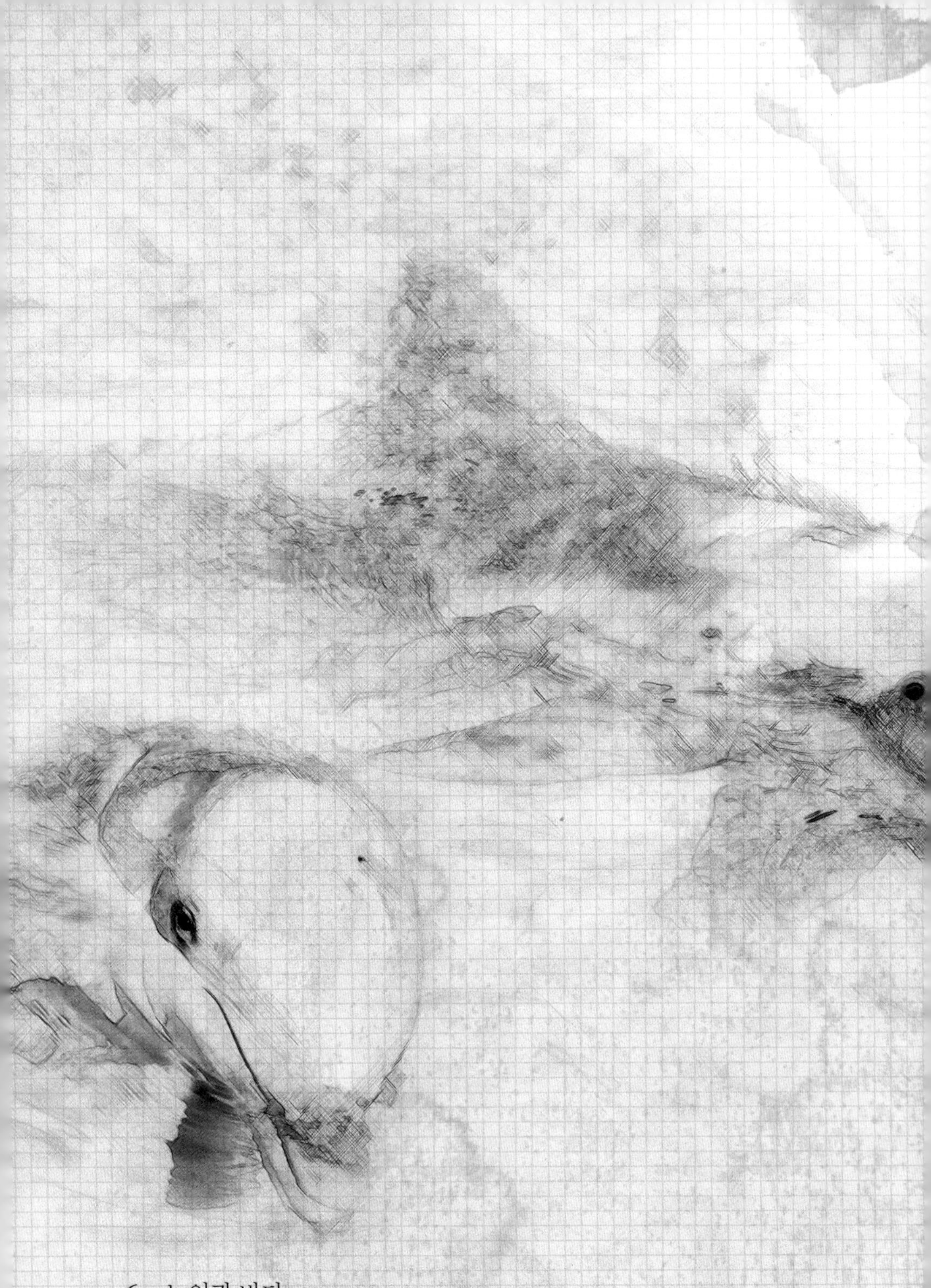

'이놈은 아마도 전에 낚시에 걸려본 적이 있을 거야. 그래서 이렇게 저항해야 한다고 생각하는 거겠지. 물밖에 자기와 싸우는 상대가 한 사람이라는 사실, 그것도 노인이라는 걸 알 리 없으니까. 이놈은 도대체 얼마나 거대한 걸까? 고깃살이 좋으면 아주 비싸게 팔 수 있겠지. 미끼를 먹는 거나 낚싯줄을 끌고 가는 거나 아주 상남자다운 느낌이야. 사람과 씨름하면서도 당황하는 느낌이 전혀 없어. 저놈에게 뭔가 생각이 있는 걸까? 아니면 나와 마찬가지로 그냥 필사적으로 몸부림을 치고 있을 뿐인 걸까?' 노인은 생각했다.

노인은 예전에 청새치 한 쌍 가운데 한 마리를 잡은 적이 있었다. 청새치는 먹이를 발견하면 수컷은 언제나 암컷에게 양보한다. 그때도 역시 그랬다. 먼저 미끼를 먹은 암컷이 낚시에 걸렸는데 겁에 질려 발버둥을 치다가 얼마 후 힘이 빠져 쓰러졌다.

그때 수컷은 근처에서 낚싯줄을 넘나들며 원을 그리며 수면을 맴돌고 있었다. 수컷이 암컷과 너무 가까이에 붙어 있어서 노인은 불안했다. 수컷의 꼬리가 마치 낫처럼 날카로워서 그 꼬리로 낚싯줄을 끊어버리지나 않을까 걱정이었던 것이다.

노인은 암놈을 갈고리로 끌어올려 몽둥이로 두들겨 팼다. 가장자리가 사포처럼 거칠고 칼날처럼 날카로운 주둥이를 잡고 몽둥이로 머리통을 내려쳤다. 청새치의 몸통이 마치 거울의 뒷면과 같은 색깔로 변했다.

그러고 나서 소년의 도움을 받아 그놈을 배 안으로 끌어올렸는데, 그래도 수컷은 근처를 떠나지 않고 있었다. 노인이 낚싯줄을 정리하고 작살을 준비하는 사이 수컷은 암컷을 보려고 공중으로 뛰어올랐다. 그러고는 보라색 가슴지느러미를 날개처럼 펼치고 보랏빛 줄무늬를 보이더니 물속 깊이 들어가 자취를 감추었다.

'정말로 아름다운 놈이었지. 끝까지 암놈 곁에 붙어있었어.'

노인은 당시의 기억을 되새겼다.

'그때가 그 청새치에겐 평생 가장 슬픈 광경이었을 거야. 그 아이도 무척 슬퍼했고, 우리는 암놈에게 용서를 빌고 곧 칼질을 해버렸지.' 노인은 생각했다.

"그 아이가 지금 같이 있다면 얼마나 좋을까."

노인은 중얼거리고 둥근 뱃머리 판자에 몸을 기댔다. 등에 밀착된 낚싯줄을 통해서 자기가 선택한 방향으로 끊임없이 나아가는 대어의 무게를 느낄 수 있었다.

'내게 걸린 이상 너도 뭔가 방법을 선택해야만 하겠지.' 노인은 생각에 잠겼다.

'이런 상황에서 대개의 물고기들은 온갖 덫이나 올가미가 미치지 못하는 깊은 바다의 캄캄한 어둠 속으로 내려 가지. 하지만 내가 취하는 방법은 어떤 사람도 이르지 못하는 곳까지 따라가서 이놈을 잡는 거야. 우리는 정오부터 지금까지 오로지 둘이서만 같이 있었지. 이놈이나 나나 누구의 도움도 받을 수 없는 외로운 싸움을 하고 있는 거야.' 노인은 생각했다.

'어쩌면 어부가 되지 않았더라면 더 좋았을지도 몰라.' 문득 이런 생각이 들었다.

'아냐, 나는 어부가 되려고 태어난 거야. 날이 밝으면 꼭 다랑어를 먹어야겠다.' 노인은 생각했다.

동이 트기 얼마 전에 그의 뒤쪽에 있는 미끼 하나에 뭔가가 걸렸다. 잠시 후 막대기가 부러지고 낚싯줄이 뱃전 밖으로 풀려 내려가는 소리가 들렸다. 노인은 어둠 속을 더듬어 칼집에서 칼을 꺼내 대어의 무게를 왼쪽 어깨로 견디면서 뱃전에 드리운 낚싯줄을 끊어버렸다. 그러고 나서 가까이에 있는 다른 줄도 끊었고 어두운 가운데 예비 낚싯줄의 풀어진 끝과 끝을 단단히 동여맸다.

노인은 그런 일을 한 손으로 능숙하게 해냈고, 매듭을 동여매는 동안에는 한쪽 발을 거기에 대고 밟고 지탱했다. 이제 여분의 낚싯줄 뭉치가 여섯 개나 확보된 셈이다. 방금 끊어버린 것에서 각각 두 개가 생겼고, 또 두 개는 물고기가 미끼를 물었던 것에서 나온 것이었다. 노인은 그것들은 모두 서로 묶어서 연결시켰다.

날이 밝으면 70미터짜리 줄이 있는 곳으로 가서 그것도 잘라내 여분의 줄에 연결시켜야겠다고 노인은 생각했다.

‘까딱하면 360미터짜리 카탈루냐 산 고급 낚싯줄과 바늘을 잃어버리게 생겼어. 하지만 그건 언제든지 다시 살 수 있어. 다른 조무래기 고기에 신경을 쓰다가 이놈을 놓친다는 건 말도 안 되는 일이지. 방금 전에 미끼를 먹은 놈은 어떤 놈일까? 청새치나 황새치 아니면 상어였겠지. 줄을 끊는 것만 생각하느라 어떤 놈인지 확인도 못 해봤네.’ 노인은 생각했다.

“지금 그 아이가 있으면 얼마나 좋을까.”

그는 소리 내어 말했다.

‘하지만 그 애는 지금 내 곁에 없잖아. 지금은 나 혼자뿐이니 나 혼자 다 해야 해. 이제 날이 어둡든 밝든 상관없이 마지막 낚싯줄이 있는 곳으로 가서 그것도 잘라버리고 예비줄 두 개를 연결시켜야 해.’ 노인은 생각했다.

그는 주저하지 않고 그렇게 했다. 어두운 곳에서 처리하기란 결코 쉽지는 않았다. 한번은 배를 끌고 가던 물고기가 날뛰는 바람에 앞으로 넘어져 얼굴을 부딪쳤는데, 눈 아래가 찢어지고 말았다. 피가 뺨으로 흘러내렸지만 턱까지 도달하기도 전에 말라 붙었다.

노인은 간신히 뱃머리 쪽으로 돌아와 몸을 기대고 쉬었다. 그는 어깨의 포대 위치를 고치면서 낚싯줄도 조심스럽게 위치를 바꾸었다. 어깨에 줄을 고정시키고 놈이 끌어당기는 힘을 주의 깊게 느껴보고 손을 물에 담가 배의 속도로 가늠해 보았다.

'저놈이 무엇 때문에 발버둥을 쳤을까?'

노인은 생각해보았다.

'목줄의 철사가 놈의 거대한 등을 긁은 모양이지? 그래도 내 등만큼 아프지는 않을 거야. 하지만 놈이 아무리 거대하다 해도 이 배를 영원히 끌고 다닐 수는 없겠지. 신경 쓰일만한 일은 모두 처리해 놓았고 예비 줄도 충분히 확보해 두었으니 이제 됐어.' 노인은 생각했다.

"고기야, 난 죽을 때까지 너와 함께 있으마."

노인은 큰 소리로 부드럽게 말했다.

'저놈도 끝까지 나와 같이 있으려 하겠지.'

노인은 이렇게 생각하고 날이 밝기를 기다렸다. 동이 트기 직전에는 추웠기 때문에 체온을 유지하려고 뱃전에 몸을 대고 밀었다.

'저놈이 버티는 한은 나도 버틸 수 있어.'

노인은 생각했다.

날이 밝아오자 낚싯줄이 풀려 물속으로 내려갔다. 조각배는 여전히 진행하고 있었고, 해가 수평선 위로 올라오자 노인의 오른쪽 어깨에 햇볕이 비쳤다.

"이놈이 북쪽으로 향하고 있구나." 노인이 말했다.

'하지만 조류에 밀려서 우리는 동쪽으로 나아가게 될 거야. 저놈이 조류를 타고 방향을 바꿔주면 좋겠는데. 그러면 놈이 지쳤다는 증거가 될 테니까.'

노인은 생각했다.

해가 더 높이 솟아올랐지만 노인은 대어가 전혀 지치지 않았다는 것을 느낄 수 있었다. 다만 한 가지 반가운 징조는, 낚싯줄이 내려간 경사로 보아 물고기의 위치가 약간 올라왔다는 사실이었다. 하지만 놈이 뛰어올라 줄 거라고 확신할 수는 없었다. 그럴 가능성이 전혀 없는 것은 아니었지만 말이다.

"하느님, 제발 저놈이 뛰어오르게 해주소서. 저놈을 다룰 줄은 충분히 갖고 있습니다." 노인이 말했다.

'내가 줄을 팽팽히 잡아당기면 저놈이 아파서 위로 올라올지도 몰라. 날도 환하니까 이제 뛰어오르도록 해봐야겠다. 그래야 등뼈를 따라 붙어 있는 부레에 공기가 들어차서 다시 깊은 곳으로 내려가 죽지 못하지.'

노인은 줄을 좀 더 팽팽하게 당겨봤지만 줄은 처음 걸렸던 상태 그대로 팽팽했다. 몸을 뒤로 젖히고 줄을 당겨보니 놈의 거친 저항이 느껴졌다. 더 이상 당기는 건 무리라는 판단이 들었다.

'그래, 더 당기면 안 되겠어. 줄을 확 잡아당길 때마다 낚싯바늘에 찢어진 부위가 넓어져서 물위로 뛰어오를 때 바늘이 빠져나올 수도 있으니까. 어쨌든 해가 뜨니까 기분은 한결 가볍군. 게다가 이번에는 해를 정면으로 바라보지 않아도 되니까 말이지.' 노인은 생각했다.

낚싯줄에 누런 해초가 잔뜩 붙어 있었다. 해초의 무게도 놈에겐 짐이 될 거라고 생각하니 노인은 기분이 좋아졌다. 밤에 인광을 발하던 것이 바로 그 누런 모자반류[16]였다.

16 바위에 붙어 서식하는 황갈색 해조류

"물고기야, 나는 네가 좋다. 너에게 존경을 표한다. 하지만 오늘이 지나기 전에 너를 죽이고 말겠다."

노인이 말했다. 그는 부디 그렇게 되기를 소망했다.

그때 작은 새 한 마리가 북쪽에서 조각배 쪽으로 날아왔다. 휘파람새였다. 새는 수면 위를 스치듯 날고 있었다. 새는 상당히 지친 모습이었다. 잠시 후 새는 선미에 앉아 날개를 쉬었다. 그러다가 노인의 머리 위를 빙글빙글 돌다가 좀 더 편안한 낚싯줄 위에 자리를 잡았다.

"넌 몇 살이니? 이번이 첫 여행이니?"

노인이 새에게 말을 걸자 새가 노인을 바라보았다. 새는 너무나 지쳐서 낚싯줄을 살펴볼 여유도 없는 모양이었다. 가냘픈 발로 낚싯줄을 움켜쥐고 있는 동안 낚싯줄이 위아래로 흔들렸다.

"줄은 아주 튼튼해. 끄떡없어. 간밤엔 바람도 없었는데 넌 왜 그렇게 기진맥진한 거니? 너처럼 여린 새들은 대체 어떻게 사니?"

'저런 약한 새들을 노리고 바다까지 사냥 오는 매들이 있지.'

노인은 생각했다. 하지만 이 얘기는 하지 않았다. 말해 봤자 새가 알아들을 리도 없고, 좀 있으면 매에 대해서도 저절로 알게 될 테니까.

"편히 쉬어라. 작은 새야. 그리고 다시 육지로 날아가 사람이나 다른 새나 물고기처럼 도전해보는 거야."

노인이 말했다.

밤새 등이 뻣뻣했고 통증이 상당했는데 새에게라도 말을 걸었더니 그나마 조금 위안이 되었다.

"괜찮으면 내 집에서 그냥 살아라, 새야. 미풍이 부는데 돛을 올리고 너를 육지로 데려다 주지 못해서 미안하구나. 지금 내가 친구와 함께 있어서 말이지."

바로 그 순간 그놈이 물속에서 요동을 치는 바람에 노인은 뱃머리 쪽으로 쓰러지고 말았다. 발로 버티면서 줄을 좀 풀어주지 않았다면 물속으로 끌려들어 갈 뻔했다.

갑자기 줄이 당겨지는 바람에 새는 하늘로 날아갔지만 그걸 보고 있을 상황은 아니었다. 오른손으로 살살 줄을 만져보다가 손에서 피가 나는 것을 알게 되었다.

"뭔가가 저놈을 아프게 만들었구나."

노인은 큰소리로 말하고 놈의 진행 방향을 바꿀 수 있을지 알아보려고 줄을 당겨봤다. 줄이 끊어질 듯 팽팽해졌지만 노인은 그대로 몸을 뒤로 젖히고 버텼다.

"이제 드디어 너도 그걸 느끼고 있구나. 그래, 나도 그렇단다."

새와 친구가 되어 적적함을 달랠 수 있겠다고 생각했던 노인은 그제야 새를 찾아보았지만 새는 이미 사라지고 없었다.

'오래 쉬지도 못하고 떠났구나.' 노인은 생각했다.

'해안으로 돌아가기까지는 앞으로 힘겨운 고비가 또 있을 거야. 물고기가 한 번 확 잡아당겼다고 손을 다치다니 내가 어떻게 된 거 아냐? 내가 멍청하게 정신을 놓고 있었나 봐. 아마 작은 새에 정신이 팔려서 집중을 못한 게지. 이제는 저놈에게만 집중하고 힘이 빠지기 전에 다랑어를 좀 먹어야겠어.' 노인은 생각했다.

"이럴 때 그 아이가 있으면 오죽이나 좋을까. 소금도 좀 있으면 좋겠고."

노인은 큰 소리로 말했다.

그는 낚싯줄을 왼쪽 어깨로 옮기고 조심조심 무릎을 꿇고는 바닷물로 손을 씻었다. 잠시 손을 물에 담그고 있으니까 피가 길게 실처럼 이어져 나왔다. 배는 계속 진행하고 있었고 쉴 새 없이 손에 잔물살이 부딪쳤다.

"이놈이 이제 속도가 떨어졌구나."

노인은 손을 물속에 좀 더 담그고 싶었지만 그놈이 혹시 또 날뛸까 봐, 일어나서 발로 버티고 손을 들어 해에 비춰 보았다. 그것은 단지 낚싯줄에 스치면서 생긴 상처일 뿐이었지만, 피부가 벗겨진 곳은 낚시에서 가장 많이 사용하는 부위였다. 이 싸움이 끝날 때까지는 손이 꼭 필요했기 때문에 일을 시작하기도 전에 다치면 곤란한 일이었다.

"그럼 이제 다랑어를 먹어야겠군. 갈고리로 끌어다가 여기 앉아서 편히 먹어야지."

햇볕에 손을 말리고 나서 노인이 말했다.

그는 무릎을 꿇고 갈고리로 선미 쪽에서 다랑어를 꺼냈다. 다음엔 묶어놓은 낚싯줄에 닿지 않도록 조심하면서 자기 앞으로 끌어당겼다.

줄을 왼쪽 어깨로 고쳐 매고 왼손과 팔로 몸을 지탱하면서 갈고리에서 다랑어를 빼내고 나서 갈고릿대는 원래 자리에 갖다 두었다. 노인은 무릎으로 생선을 누르고 머리에서 꼬리까지 등을 따라 길게 칼집을 내고 검붉은 살점을 발라냈다. 그러자 쐐기 모양으로 여러 개 토막이 났다. 노인은 등뼈에서 배 가장자리까지 잘라 여섯 덩어리로 나눈 다음, 뱃머리 판자 위에 펼쳐 놓았다. 그리고 피가 묻은 칼을 바지에 닦아내고 뼈만 남은 다랑어 꼬리를 잡고 뱃전 너머로 휙 집어던졌다.

"한 덩어리도 다 먹을 수 있을 것 같지 않네."

노인을 중얼거리면서 고기 덩어리에 칼을 갖다 댔다. 그 순간 낚싯줄이 거세게 당겨지는 것을 느꼈다. 동시에 그의 왼손에 쥐가 났다. 무거운 줄을 잡은 손이 오그라들었고, 그는 자기 왼손을 혐오스럽게 쳐다보았다.

"이놈의 손은 대체 뭐야! 어디 오그라들어 봐라. 매 발톱처럼 오그라들어 보라구! 아무 소용도 없을 테니." 노인이 말했다. 어디 보자, 하면서 노인은 캄캄한 물속으로 비스듬히 들어간 줄을 응시했다.

'다랑어를 먹어둬야 손이 좋아질 거야. 하여튼 손에 죄가 있는 것은 아니잖아. 벌써 오랫동안 저놈과 싸우고 있으니까 말이야. 나는 얼마든지 저놈과 더 싸울 수 있어. 이제 다랑어를 먹어두자.'

노인은 살점을 집어 입에 넣고 천천히 씹었다. 맛이 그런대로 괜찮았다. 천천히 씹어서 즙까지 다 섭취해야 해. 레몬이나 소금이 있으면 먹기가 더 편할 텐데.

"어이, 손. 이제 좀 어때?"

노인은 시체처럼 빳빳하게 굳어버린 손을 들여다보며 말을 걸었다.

"너를 위해서 좀 더 먹어야겠구나."

그는 두 쪽으로 자른 것 중 나머지를 입에 넣었다. 천천히 씹고 나서 껍질은 뱉었다.

"손아, 이제 좀 나아졌니? 좀 더 있어야 알겠니?"

그는 다른 덩어리를 집어 통째로 씹어 먹었다.

'다랑어는 힘 세고 활기 넘치는 고기야. 만새기 대신 이 놈이 걸린 게 다행이야. 만새기는 너무 달거든. 이놈은 달지 않고 아직도 활기가 넘쳐.' 노인은 생각했다.

'실질적인 생각이 아니면 다 무의미해. 소금이 좀 있으면 좋겠는데. 햇볕 때문에 생선 고깃덩어리가 마르거나 상할지도 몰라. 그러니 당장은 배가 고프지 않아도 전부 먹어두는 게 좋겠어. 물속의 저놈은 냉정하고 차분하게 버티고 있으니, 나도 이걸 다 먹고 준비를 갖춰야지.' 노인은 생각했다.

"손아, 네가 좀 더 참고 버텨다오. 너를 위해 먹는 거란다." 노인이 말했다.

문득 물속에 있는 그놈에게도 고기를 먹이고 싶다는 생각이 들었다.

'우리는 형제처럼 가까운 사이니까. 하지만 나는 놈을 죽여야 하고 그렇게 하려면 힘이 있어야 해.'

그는 천천히 쐐기 모양의 생선 고기 조각을 모두 먹어치웠다. 그러고 나서 허리를 쭉 펴고 바지에 손을 문질러 닦았다.

"어이, 왼손. 이젠 줄을 놔도 괜찮아. 네가 그렇게 바보처럼 뻣뻣하게 구는 짓을 그만둘 때까지 오른손으로만 싸울게."

그는 왼손으로 잡고 있던 무거운 줄을 왼발로 밟고 몸을 젖히면서 등으로 눌리는 압력을 버텨냈다.

"하느님, 제발 왼손에 쥐가 난 걸 풀어주십시오. 저 큰 놈이 언제 무슨 짓을 벌일지 모르니 말입니다."

노인이 말했다.

'저놈은 침착하게 자기 계획대로 움직이는 것 같군. 그러면 저놈의 계획은 뭘까? 그리고 난 어떤 계획을 세워야 할까? 일단은 저놈이 저렇게 엄청나게 힘 세고 거대하니 상황에 따라 임기응변으로 대처할 수밖에 없지. 놈이 수면 위로 올라와 주기만 하면 죽일 수 있을 텐데. 하지만 놈이 물속에서 올라올 생각을 전혀 안 하니, 나도 끝끝내 버틸 수밖에 없지.' 노인은 생각했다.

그는 쥐가 난 왼손을 바지에 문지르며 손가락을 펴보려고 애썼다. 하지만 손가락은 전혀 말을 듣지 않았다.

'해가 떠오르면 펴질지도 몰라. 아까 먹은 다랑어 날고기가 소화되면 펴지겠지. 만일 왼손이 꼭 필요한 상황이 되면 무슨 수를 써서라도 펴고야 말겠지만, 지금은 억지로 무리할 필요 없어. 자연스럽게 풀어져서 원래대로 돌아가야 해. 간밤에 줄을 묶고 푸느라고 왼손을 너무 혹사시킨 거야.' 노인은 생각했다.

노인은 문득 바다 멀리 바라보고 자신이 얼마나 고독한 상황인지 절감했다. 하지만 캄캄한 물속에서 일어나는 프리즘 현상이며, 팽팽하게 뻗어나간 낚싯줄이며, 잔잔한 바다에서 이상하게 물결치는 모양이며, 무역풍에 모여드는 구름이며, 앞쪽 하늘에 또렷이 나타났다가 흐려지곤 하면서 날아가는 물오리 떼며, 노인은 그런 광경을 보면서 바다에서는 홀로 있어도 절대로 혼자가 아니고, 아무도 외롭지 않다고 생각했다.

어떤 이들은 작은 배를 타고 육지가 보이지 않는 먼 바다까지 나가는 것을 두려워한다.

'그게 뭐 두려운 일이람.' 노인은 생각했다.

물론 갑자기 악천후가 찾아오는 철에는 그럴 수도 있겠지 싶었다. 하지만 지금은 허리케인이 부는 계절이고 허리케인만 없으면 일 년 중 고기잡이를 하기에 가장 좋은 계절인 것이다. 허리케인이 올 때는 며칠 전부터 하늘에 조짐이 나타난다. 바다에 나가 있으면 그걸 볼 수 있지만 육지에서 는 그걸 알아차리기 어렵다.

'육지에서도 구름 모양이 평소와 다르기는 하지. 하여간 지금은 허리케인이 올 징후는 전혀 없어.' 노인은 생각했다.

하늘을 올려다보니 아이스크림 같은 하얀 뭉게구름이 보이고 그 위로 파란 하늘을 배경으로 엷은 깃털 같은 구름이 보였다.

"브리사[17]가 불어오는구나. 물고기야, 너보다는 내게 유리한 날씨구나."

노인은 쥐가 난 왼손을 천천히 주무르면서 말했다.

'쥐가 나는 건 정말 질색이야. 이건 마치 자기 몸에 배신을 당하는 거나 마찬가지거든. 사람들이 보는 데서 프토마인[18] 중독을 일으켜 설사를 하거나 음식을 토하는 것은 창피한 일이지만, 쥐가 나는 건 혼자 있을 때 스스로에게 창피한 일이야.' 노인은 생각했다.

그는 쥐가 나는 것을 칼람브레[19]라고 생각했다.

---

17 산들바람 또는 무역풍을 뜻하는 스페인어

18 단백질이 부패하여 생기는 유독성 물질

19 경련을 뜻하는 스페인어

'만일 그 아이가 있었다면 손을 주물러서 쥐를 풀어주었을 텐데. 하지만 좀 지나면 풀리겠지.'

노인은 생각했다.

그 순간 노인은 오른손으로 잡은 줄을 끌고 가는 힘이 달라진 것을 느꼈고, 얼마 후 물속에 잠겨있던 낚싯줄이 천천히 경사가 완만해지며 올라오는 것을 눈으로 확인할 수 있었다.

"놈이 올라오고 있어! 왼손아, 어서 정신 차려."

노인이 말했다.

낚싯줄이 천천히 올라오더니 조각배의 앞쪽 수면이 부풀어 오르면서 마침내 놈이 모습을 드러냈다. 놈의 몸통을 중심으로 양쪽으로 물이 쏟아져 내렸다. 놈의 몸이 햇빛을 받아 번쩍거렸다. 머리와 등은 짙은 자줏빛이었고 옆구리에 옅은 보라색 줄무늬가 있었다. 주둥이는 야구방망이처럼 길고 끝부분으로 갈수록 가늘어졌다. 놈은 자기 몸 길이를 전부 보여주고는 다시 잠수부처럼 유유히 물속으로 사라졌다. 커다란 낫처럼 생긴 꼬리가 물속으로 들어가면서 낚싯줄이 다시 풀려 내려갔다.

"이 배보다도 60센티미터는 더 길겠군."

노인이 말했다.

낚싯줄이 풀려 내려가는 속도가 빠르긴 해도 일정한 것으로 보아 그놈은 당황한 기색이 없었다. 노인은 줄이 끊어지지 않을 정도로 두 손으로 힘껏 잡아당겼다. 그놈의 속도를 늦추지 못하면 놈은 줄을 전부 다 끌고 가서 결국엔 끊어버릴 수 있다는 것을 그는 잘 알고 있었다.

'엄청난 물고기야. 놈에게 자기가 얼마나 힘이 강한지, 어떻게 해서든 달아날 수 있다는 걸 알게 해서는 안 돼! 내가 만일 저놈이라면 줄이 끊어질 때까지 있는 힘을 다해 내달릴 텐데. 하지만 고맙게도 물고기들은 우리 인간만큼 머리가 좋지는 못하지. 물론 우리 인간보다 훨씬 더 품위 있고 힘도 더 세지만.' 노인은 생각했다.

노인은 그동안 거대한 물고기를 수없이 보아 왔고, 5백 킬로그램이 넘는 놈도 많이 봤고, 그 정도 물고기를 두 번이나 잡은 적도 있었다. 그때는 물론 혼자가 아니었다. 그런데 지금은 혼자인데다 육지가 보이지도 않는 먼바다였고, 이제껏 직접 본 것 중에서 가장 크고 힘 센

물고기와 대결하고 있는 것이었다. 게다가 왼손은 아직도 매 발톱처럼 오그라들어 말을 듣지 않았다.

'그래도 손은 곧 풀리겠지. 틀림없이 나아져서 오른손을 도와줄 거야. 지금 내게 형제라고 할 만한 것이 있다면 딱 세 가지! 내 두 손과 저 거대한 놈이다. 왼손은 반드시 풀릴 거야. 쥐가 나다니 손으로서는 얼마나 수치스런 일이냐고.' 노인은 생각했다.

놈은 다시 속도를 늦추어 평소와 같은 속도로 헤엄치고 있었다.

'아까는 놈이 왜 물 위로 뛰어올랐을까?'

노인은 생각했다. 마치 자기가 얼마나 덩치가 큰지 과시하려고 뛰어오른 것 같았다.

'어쨌든 덕분에 어떻게 생긴 놈인지 알게 됐어. 이제 내가 어떤 인간인지 놈에게 보여주고 싶군. 하지만 내 손에 쥐가 났다는 걸 알게 되면 안 돼. 놈에게 내가 실제보다 강한 인간으로 보여야 해. 어차피 그렇게 될 테니까. 나한테는 의지와 지혜뿐인데, 내게 맞서 싸우는 넌 모든 걸 가졌구나. 부럽다.' 노인은 생각했다.

노인은 가능한 한 편한 자세로 뱃전에 기대어 고통을 참아냈다. 놈은 여전히 지칠 줄 모르고 한결같이 나아갔고, 조각배는 검은 물살을 헤치고 물위를 달렸다. 동쪽에서 바람이 불어오자 파도가 일어났고 한낮이 되자 노인의 왼손도 마비가 풀렸다.

"어이, 물고기 씨. 너에겐 좋지 않은 소식이네."

노인은 중얼거리면서 포대 위의 줄 위치를 조금 옮겼다. 마음은 좀 편안해졌지만 몸은 더욱 고통스러웠다. 그는 그저 고통을 인정하려들지 않는 것뿐이었다.

"저는 신앙심은 별로 없습니다. 하지만 저놈을 잡게 해주시면 주기도문과 성모송을 열 번씩 외우겠습니다. 저놈을 잡게 해주시면 코브레[20]의 성모 마리아 님께 참배를 드리겠습니다. 맹세합니다."

노인은 기계적으로 기도문을 암송하기 시작했다. 가끔은 너무 피곤해서 생각나지 않을 때도 있었지만, 다시 빨리 외워보면 자동적으로 다음 구절이 떠오르곤 했다. 그에겐 기도문보다는 성모송이 외우기 쉬웠다.

---

20 쿠바에 있는 지성소

은총이 가득하신 마리아님 기뻐하소서.
주님께서 함께 계시니 여인 중에 복되시며
태중의 아들 예수님 또한 복되시나이다.
천주의 성모 마리아님,
이제와 저희 죽을 때
저희 죄인을 위하여 빌어 주소서. 아멘.

그러고 나서 한 구절 덧붙였다.

은혜로운 마리아 님.
끝으로 이 물고기를 위해서도 기도해 주소서.
아주 굉장한 놈입니다.

기도를 마치고 나니 기분은 가벼워졌지만 몸의 고통은 달라지지 않았다. 아니, 오히려 고통은 훨씬 더 심해졌다. 노인은 뱃머리 판자에 등을 기대고 왼손 손가락들을 놀리기 시작했다. 미풍이 가볍게 불고 있었지만 햇볕은 따가웠다.

“선미 쪽에 드리워놓은 작은 줄에 미끼를 새로 갈아놓아야겠군. 저놈이 하룻밤 더 버틴다면 나도 뭘 좀 먹어둬야 하니까. 마실 물도 이제 얼마 없으니 걱정이네. 이곳에선 만새기 밖에 잡히지 않을 것 같은데, 뭐, 만새기도 싱싱할 때 먹으면 괜찮은 맛이지. 오늘 밤에는 날치가 배 위로 날아와 주면 좋겠는데. 하지만 날치를 끌어들이려면 불빛이 있어야 하는데 그게 없네. 날치는 날로 먹어도 맛이 좋고 칼질할 필요도 없는데. 이젠 힘을 최대한 아껴야겠다. 제길, 놈이 저렇게나 클 줄은 정말 몰랐는걸.” 노인이 중얼거렸다.

‘하지만 난 저놈을 반드시 죽이고야 말겠다. 아무리 굉장한 놈이라고 해도. 그게 설사 옳지 않은 일이라 해도 나는 놈에게 한 인간이 뭘 할 수 있는지, 한 인간이 얼마나 견딜 수 있는지 보여주고야 말겠어.’

노인은 생각했다.

“나는 그 아이에게 내가 별난 늙은이라고 말했지. 지금이야말로 그 말을 증명해 보일 때가 된 거야.”

노인이 말했다.

노인은 지금까지 그런 증명을 수천 번 해 보였지만 결국 아무 의미도 없었다. 하지만 노인은 또다시 그런 증명을 해 보이려고 하는 것이다. 증명을 해 보이는 것은 매번 새로운 것이었고, 지나간 일에 대해서는 두 번 다시 돌이켜 생각해 본 적이 없었다.

'저놈이 잠들어서 나도 사자 꿈을 꿀 수 있으면 좋겠는데.' 노인은 생각했다.

'아니 왜 지금 사자가 중요한 일처럼 느껴지는 거지? 늙은이, 잡생각일랑 그만두시게.'

노인은 자신을 타일렀다. 뱃전에 기대어 쉬면서 아무 생각도 하지 말라고. 저놈은 여전히 계속 움직이고 있지 않은가. 그러니 자넨 움직이지 말고 체력을 비축해 둬야 한다고 말이다.

시간은 오후로 접어들었다. 배는 아직도 천천히 그 속도로 진행하고 있었다. 그런데 동쪽에서 미풍이 불어와 배가 진행하는 데 저항 요소가 되었다. 노인은 부드럽게 물결을 헤치며 나아갔다. 등에 걸린 줄이 가하는 통증도 한결 나아졌고 견딜 만했다.

오후에 다시 한 번 줄이 올라오기 시작했다. 하지만 놈은 수면 쪽으로 약간 올라왔을 뿐 계속 물속에서 같은 방향으로 진행하고 있었다. 노인의 왼팔과 어깨와 등에 햇볕이 내리쪼였다. 그래서 놈이 동북쪽으로 방향을 바꾸었다는 것을 알게 되었다.

그는 놈을 한 번 봤기 때문에 놈이 물속에서 보랏빛 가슴지느러미를 펴고 꼬리를 세운 채 캄캄한 물속을 가르듯 헤엄치는 모습을 상상할 수 있었다.

'그렇게 깊은 물속에서 놈은 얼마나 볼 수 있을까? 그 놈은 눈이 아주 컸어. 말은 그보다 훨씬 작은 눈을 가지고도 어둠속에서 잘 볼 수 있어. 나도 전에는 어둠속에서도 상당히 잘 볼 수 있었고. 아주 캄캄한 곳에서는 볼 수 없지만 고양이만큼은 볼 수 있었지.'

노인은 생각했다.

햇볕이 따뜻했고 손가락을 계속 풀어준 결과 그의 왼손은 이제 완전히 기능을 회복했다. 그래서 이젠 왼손에 힘을 실을 수 있게 되었고, 등의 근육을 움직여서 줄에 쓸려 상처 난 부위를 풀어주었다.

"물고기 씨, 만일 네가 아직도 지치지 않았다면, 너도 틀림없이 나처럼 특이한 놈이구나."

그는 큰 소리로 말했다. 노인은 이제 지칠 대로 지쳤고 곧 밤이 될 시간이었다. 그는 다른 생각을 해보려고 했다. 메이저리그를 떠올렸다. 그는 메이저리그라는 영어 표현보다 '그란 리가스'라는 스페인어가 훨씬 더 친근하게 느껴졌다. 그는 뉴욕 양키스와 디트로이트 타이거즈가 지금 경기 중인 것을 알고 있었다.

'야구 경기 결과를 모르고 지내는 것도 오늘로 벌써 이틀이나 지났군. 하지만 내 일에 자신감을 가져야 해. 발뒤꿈치에 박힌 뼈돌기 때문에 아픈데도 꾹 참고 경기를 해내는 디마지오 선수에게 부끄럽지 않도록 행동하자. 뼈돌기란 어떤 증상일까?'

그는 그 증상에 관해 스스로에게 질문했다.

'스페인어로는 '운 에스푸엘라 데 우에소'라고 하지. 우리는 그런 증상에 걸리지 않아. 그건 싸움닭의 쇠발톱을 뒤꿈치에 박는 것만큼 아플까? 난 아마 그런 아픔을 견디지 못할 거야. 싸움닭처럼 한쪽 눈이나 심지어 양쪽 눈을 찔린 상태에서도 계속 싸우지는 못할 거야. 그런 대단한 동물에 비교하면 인간은 진짜 별거 없어. 그러니까 나는 차라리 어두운 바다의 물고기가 되고 싶구나.' 노인은 생각했다.

"상어만 오지 않으면 좋겠는데. 만일 상어가 나타나면 너나 나나 끝장이야." 그는 큰소리로 말했다.

'그 위대한 디마지오가 만일 나와 같은 상황에 놓인다면, 지금의 나만큼 저놈과의 대결에서 오래 버틸 수 있을까? 나보다 힘도 세고 젊으니까 해낼 수 있겠지. 게다가 그의 아버지도 어부였으니까. 그런데 뼈돌기가 그렇게도 아픈 건가?' 노인은 생각했다.

"그거야 난 모르지. 난 아직 뼈를 다쳐본 적은 없으니까." 노인이 말했다.

저녁 해가 넘어갔다. 노인은 자신감을 얻으려고 카사블랑카[21]에 있는 술집에서 시엔푸에고스[22]에서 왔다는 덩치 큰 흑인과 팔씨름을 했던 기억을 떠올렸다.

21 아바나 동쪽에 있는 도시
22 쿠바의 중남부 카리브 해 연안에 있는 도시

그 흑인은 부두에서 힘이 세기로 유명했다. 두 사람은 탁자 위에 분필로 줄을 긋고 팔꿈치를 올려놓고, 상대의 손을 움켜쥔 채 하루 낮과 하룻밤을 새웠다. 상대의 손을 쓰러뜨리려고 안간힘을 썼다. 이 팔씨름 대결에 돈을 거는 사람도 많았고, 등유 램프 불빛 아래 구경꾼들이 들락날락했다.

그는 흑인의 팔과 손과 얼굴에서 눈을 떼지 않았다. 시작하고 나서 여덟 시간이 지나자 심판이 잠을 잘 수 있도록 네 시간마다 심판을 교체했다. 두 사람의 손톱 밑에서는 피가 배어나왔고, 서로 상대방의 안색을 살피면서 서로의 눈과 손에서 눈을 떼지 않았다.

돈을 건 사람들은 방안을 왔다갔다 하며 초조한 기색을 감추지 못했다. 어떤 이들은 벽에 기댄 높은 의자에 앉아 승부를 지켜보았다. 판자벽은 하늘색으로 칠해져 있었는데 램프불이 벽에 사람들의 그림자를 드리우고 있었다. 흑인의 그림자는 어마어마하게 보였는데 바람이 불어와 램프 불이 흔들리면 그의 거대한 그림자도 벽에서 출렁거렸다.

밤이 새도록 승부가 나지 않았다. 사람들은 흑인에게 럼주를 먹이고 담배를 물려주었다. 술을 마신 흑인은 사력을 다해 노인의, 아니 당시는 노인이 아니었던 '엘 캄페온[23]' 산티아고의 팔을 8센티미터 정도 기울였다.

하지만 노인은 다시 손을 원래의 위치로 되돌려 놓았다. 그때 그는 잘생긴 운동선수였던 그 흑인을 꺾을 수 있다고 확신하게 되었다.

새벽이 되어 돈을 건 사람들이 무승부로 하자고 제안했고, 심판은 고개를 가로저었다. 그때 그는 마지막 힘을 끄집어내어 흑인의 손을 조금씩 기울여가더니 마침내 탁자에 닿게 만들었다.

승부는 일요일 아침에 시작하여 월요일 아침에 끝이 났다. 돈을 건 사람들 대부분이 부두에서 설탕포대 하역 작업을 하거나 아바나 석탄회사에 출근해야 하기 때문에 무승부 제안을 했던 것이다. 그렇지 않으면 승부의 판결을 원했을 것이다. 여하튼 산티아고는 사람들이 출근할 시간이 되기 전에 승부를 결정지었다.

---

23 챔피언을 뜻하는 스페인어

그 후 오랫동안 사람들은 그를 챔피언이라고 불렀고 봄에는 복수전이 이루어졌다. 그러나 두 번째 대결에 사람들은 돈을 많이 걸지 않았고, 1차전에서 흑인의 기를 꺾었기 때문에 이번에는 어렵지 않게 이길 수 있었다.

그는 이후로도 몇 번 더 팔씨름 시합을 했지만 더 이상은 하지 않았다. 마음만 먹으면 누구든 이길 수 있다고 자신했다. 하지만 오른손을 그렇게 혹사시키면 고기잡이를 하는 데 지장이 있다고 생각한 것이다. 그는 시험삼아 왼손으로 팔씨름을 해본 적이 있지만 왼손은 늘 그를 배신했고 마음먹은 대로 되지 않아 그때부터 왼손은 믿지 못하게 되었다.

'햇볕이 따뜻하니까 왼손이 좋아지겠지. 밤에 너무 추워지지만 않으면 왼손에 다시 쥐가 나지는 않을 거야. 오늘밤엔 어떤 일이 생기려나?' 노인은 생각했다.

마이애미 행 비행기 한 대가 노인의 머리 위로 지나갔고, 그는 날치 떼가 비행기 그림자에 놀라서 물위로 뛰어오르는 것을 지켜보았다.

“날치가 저렇게 많을 걸 보니 분명히 만새기가 있겠군.”

이렇게 말하면서 노인은 놈을 조금이라도 끌어당길 수 있을까 싶어 등에 걸친 줄을 당겨보았다. 하지만 기대와 달리 전혀 당겨지지 않고 팽팽해진 줄은 끊어질 듯 진동하면서 물방울을 튕겨냈다. 배는 천천히 진행하고 있었고 노인은 비행기가 시야에서 사라질 때까지 지켜보았다.

‘비행기를 타고 있으면 기분이 묘할 거야. 저렇게 높은 곳에서 바다를 내려다보면 어떻게 보일까? 너무 높지만 않으면 물고기도 잘 보이겠지. 나도 한번쯤 350미터 높이에서 천천히 비행하며 물고기를 내려다보고 싶군. 거북 사냥 배를 탔을 때는 돛대 꼭대기의 가름대에 올라가 보기도 했는데, 그 정도 높이에서도 보이는 게 꽤 많았어. 만새기는 더 진한 녹색으로 보였고, 줄무늬와 보라색 반점도 보였어. 떼를 지어 헤엄쳐가는 것도 볼 수 있었지. 근데 어두운 해류 속을 헤엄치는 어류들은 왜 등이 보랏빛이고 또 보랏빛 줄무늬와 반점을 갖고 있는 걸까? 만새기는 실제론 황금빛이라서 물위에서 보면 초록색으로 보인다. 하지만 배가 고파서 먹이를 쫓을 때는 청새치처럼 배에 보랏빛 줄무늬가 나타나지. 그런 무늬가 나타나는 건 화가 나서일까, 아니면 헤엄치는 속도가 빨라서일까?' 노인은 생각했다.

해가 지고 어두워지기 직전 모자반류 해초가 마치 작은 섬처럼 수면 가까이 떠올라 흔들거리고 있었다. 그 모습이 마치 누런 담요 아래에서 어떤 것과 사랑의 행위를 하는 것처럼 느껴졌다.

바로 그때 짧은 낚싯줄에 만새기가 한 마리 걸렸다. 그가 처음 만새기를 알아챈 것은 공중으로 뛰어올라 석양을 받아 금빛으로 빛날 때였다. 놈은 공중에서 거칠게 날뛰었다. 겁을 먹고 뛰어올랐는데 마치 곡예를 부리는 것 같았다. 노인은 선미로 자리를 옮겨 웅크리고 앉아 오른팔로 큰 낚싯줄을 잡고 왼손으로 만새기가 걸린 줄을 잡아당겼다. 당겨져 들어온 줄을 왼쪽발로 밟으며 줄을 당겼다. 선미 근처로 끌려오자 물고기는 필사적으로 몸부림치며 날뛰었다.

노인은 선미 너머로 몸을 내밀고 보라색 반점에 금빛으로 빛나는 녀석을 잡아 배안으로 집어던졌다. 고기는 이빨로 낚싯바늘을 끊겠다는 듯 발작적으로 움직이면서, 길쭉하고 넓적한 몸통과 머리와 꼬리로 바닥을 두들겨댔다. 황금빛으로 빛나는 그 머리통을 노인이 몽둥이로 힘껏 내리치자 만새기는 몸을 부르르 떨고는 곧 잠잠해졌다.

노인은 주둥이에서 낚싯바늘을 빼고 거기에 다시 정어리를 달아 물에 던져 넣었다. 왼손을 물에 씻고 바지에 물기를 닦았다. 그런 다음 큰 낚싯줄을 왼손으로 옮겨 잡고 이번엔 오른손을 씻었다. 노인은 해가 수평선 아래로 사라져가는 모습과 줄이 비스듬히 드리워진 것을 바라보았다.

"저놈은 전혀 달라지지 않았구나."

노인이 말했다. 하지만 손을 물에 넣어 배의 속도를 가늠해보니 놈이 헤엄치는 속도가 상당히 느려졌음을 알 수 있었다.

"선미에 노 두 개를 가로질러 묶어놓아야겠군. 그러

면 밤사이에 놈의 속도가 더욱 느려지겠지. 하지만 놈은 오늘 밤에도 끄떡없을 거야. 나도 그렇지만."

'만새기 살 속에 피가 남아 있게 하려면 좀 있다가 내장을 제거하는 게 좋겠어. 칼질은 나중에 하고 노를 묶어서 제동 장치가 되도록 해야지. 지금은 해질 무렵이니까 그냥 가만히 있는 게 좋겠다. 물고기들은 해질녘에 민감해지니까.' 노인은 생각했다.

노인은 바람에 손을 말리고 나서 줄을 잡고 최대한 편안한 자세로 뱃전에 기대어 놈이 끌기 힘들도록 자세를 잡았다. 그렇게 하니까 오히려 그가 힘을 쓸 때보다 더 조각배가 놈에게 부담을 가하게 되었다.

'이렇게 해서 요령을 또 하나 배우게 되는구나. 어떻게든 상황에 따라 필요한 요령이 생기는 법이지. 게다가 저놈은 미끼를 먹은 이후 아무것도 먹지 못했단 말이야. 몸집이 크니까 먹이도 여간 많이 먹지 않을 텐데. 나는 다랑어를 한 마리 통째로 먹었잖아. 내일은 만새기를 먹게 될 거고.' 노인은 생각했다.

그는 만새기를 '도라도[24]'라고 불렀다.

'어쩌면 내장을 꺼낼 때 조금 먹어둬야 할 것 같군. 다랑어보다는 먹기 거북하겠지만 세상에 쉬운 일이 뭐가 있겠어?' 노인은 생각했다.

"물고기 씨, 지금 상태가 어떠신가?"

그는 큰 소리로 물었다.

"나는 아주 팔팔해. 왼손도 꽤 좋아졌고, 오늘 밤하고 내일 낮에 먹을 음식도 마련해 놓았다네. 여보게, 어디 힘껏 끌고 가 보시게나."

하지만 사실은 전혀 팔팔한 컨디션은 아니었다. 등에 걸치고 있는 줄로 인한 극심한 통증은 이젠 극심하다 못해 무감각한 상태가 되어버린 것이다.

'하지만 나는 이것보다 더 힘든 일도 겪어봤지. 오른손은 조금 긁힌 정도고 왼손의 쥐도 풀렸어. 두 다리도 멀쩡하고 또 식량문제라면 저놈보다 내가 훨씬 유리한 입장이거든.' 노인은 생각했다.

24 황금색이라는 뜻의 스페인어

9월이면 늘 그렇듯 해가 저물기 무섭게 바다는 금방 캄캄해졌다. 노인은 뱃머리 판자에 몸을 기대고 최대한 편안한 자세로 휴식을 취했다. 초저녁 별들이 나타났다. 노인은 그 별 이름이 리겔성[25]이라는 건 몰랐지만, 그 별이 보이면 곧 다른 별 친구들도 나타나게 된다는 건 알고 있었다.

"물론 저놈도 친구긴 하지. 저렇게 큰 물고기는 지금까지 본 적도 없고 들은 적도 없어. 그래도 나는 저놈을 죽여야만 해. 하지만 별 친구들은 죽이지 않아도 되니 참 다행이야."

노인은 큰 소리로 말했다.

'날마다 사람들이 달을 죽여야 한다면, 달은 멀리 달아나버리겠지. 또 날마다 해를 죽여야 한다고 상상해봐. 우리 인간은 운이 좋은 거야.' 노인은 생각했다.

그런 생각을 하다가 노인은 며칠 동안 아무것도 먹지 못한 그놈이 불쌍하다는 생각이 들었다. 그렇지만 그놈을 죽여야겠다는 결의가 조금도 꺾인 것은 아니었다.

25 오리온자리에서 두 번째로 밝은 별

'저놈을 잡으면 얼마나 많은 사람들이 먹을 수 있을까? 하지만 사람들이 저 고기를 먹을 자격이 있는 걸까? 아니지. 그럴 자격은 전혀 없어. 저렇게 당당한 위엄과 침착한 행동을 하는 걸 보면 범상한 물고기가 아니야. 그러니까 저 고기를 먹을 자격이 있는 사람은 아무도 없지.' 노인은 생각했다.

'하지만 난 그런 어려운 문제는 잘 몰라. 어쨌든 해나 달이나 별들을 죽이지 않아도 된다는 건 참 다행스러운 일이야. 바닷가에 살면서 우리와 가까운 형제들을 죽이는 것으로 충분해.' 노인은 생각했다.

'그럼 이제 물고기의 속도를 늦출 방법을 생각해야 돼. 거기엔 위험성도 있지만 유리한 점도 있어. 저놈이 필사적으로 달아나려고 애를 쓰는데 노가 제동장치 역할을 해서 배가 저항력이 커지면 줄을 더 풀어줘야 하고 까딱하면 놈을 놓치게 될 수도 있어. 반대로 배가 가벼워지면 저놈이 아직 속도를 낼 기력이 남아 있으니까 저놈과 나에게 고통은 연장되겠지만 내겐 배가 가벼운 쪽이 안전할 거야.' 노인은 생각했다.

'어쨌든 간에 만새기가 상하기 전에 어서 내장을 빼내고 살을 좀 먹고 기운을 차려야겠다. 그리고 한 시간 쯤 쉬고 나서 놈이 지치지 않았는지 살펴보고 뭔가 결정을 해야겠어. 놈이 무슨 짓을 하는지 어떤 변화가 생겼는지 알아야 해. 노를 묶어놓는 건 괜찮은 생각이었지만 그냥 안전한 길을 택하자.' 노인은 생각했다.

'아직도 놈은 힘이 엄청나. 낚싯바늘이 주둥이 한쪽에 박혀 있고 주둥이는 꽉 다물고 있어. 저렇게 거대한 놈에게 낚싯바늘이 주는 고통은 별거 아니겠지. 하지만 굶주림과 자기가 알 수 없는 상대와 싸우고 있는 건 큰 문제지. 이봐, 늙은 양반. 좀 쉬어야 해. 다음 일이 생길 때까지 저놈은 그냥 내버려두자고.' 노인은 생각했다.

그는 두 시간쯤 휴식을 취했다. 늦도록 달이 떠오르지 않아서 시간을 짐작하기 어려웠다. 다른 때보다는 휴식을 좀 취한 편이지만 아직 몸에 충분한 휴식을 준 것은 아니었다. 노인은 여전히 놈이 끌고 가는 줄을 어깨로 버티고 있었는데, 왼손으로 뱃머리 측면을 잡고 줄의 무게를 배 자체에 맡기려고 했다.

'이 줄을 고정시킬 수만 있으면 편할 텐데. 하지만 그러면 놈이 요동을 칠 경우 줄이 끊어지고 말 테지. 놈이 줄을 당기는 힘을 내 몸으로 제어하면서 언제든지 줄을 풀어줄 준비도 하고 있어야 해.' 노인은 생각했다.

"근데, 늙은 친구. 자네는 아직 잠을 제대로 못 잤잖아. 반나절과 하룻밤 그리고 하루가 지났는데 한숨도 못 잤잖아. 그러니까 저놈이 얌전히 있는 동안에 눈을 좀 붙여야 할 거야. 잠을 못 자면 머리가 멍해지니까."

노인이 말했다.

'내 머리는 충분히 멀쩡해. 아주 멀쩡해서 저 멀리 있는 내 형제와 같은 별들처럼 명료해. 그래도 잠은 자야겠지. 별도 잠을 자고 해도 달도 잠을 자니까 말이야. 바다조차도 조류가 없는 날이면 가끔 잠자기도 하지. 그러니까 잠자는 걸 소홀히 하면 안 돼. 억지로라도 자둬야 해. 그리고 낚싯줄 문제는 좀 더 간편하고 확실한 방법을 찾아내야 해. 이제 뒤쪽에 가서 만새기란 놈을 요리해야지. 잠을 자면서 노를 장해물로 묶어두는 것은 너무 위험부담이 커.' 노인은 생각했다.

"나는 자지 않고도 견딜 수 있는데."

노인은 혼잣말을 했다. 하지만 그건 몸을 너무 혹사시키는 일이었다. 그는 물고기에게 갑작스러운 자극을 주지 않으려고 조심스럽게 두 손과 무릎으로 기어서 선미 쪽으로 자리를 옮겼다. 그는 자기가 어쩌면 지금 반쯤 수면 상태일지도 모른다고 생각했다.

'하지만 물고기는 쉬게 하면 안 돼. 죽을 때까지 계속 배를 끌고 가야만 해.' 노인은 생각했다.

선미 쪽으로 간 노인은 몸을 돌려 왼손으로 어깨를 압박하는 줄을 잡고 오른손으로 칼집에서 칼을 꺼냈다. 하늘엔 별이 꽤 많이 떠 있어서 만새기가 뚜렷이 보였다.

만새기의 대가리를 칼로 쑤셔 밑창에서 끌어올렸다. 발로 몸통을 밟고 항문에서 아가미까지 단숨에 쭉 갈랐다. 그 다음에 칼을 내려놓고 오른손으로 내장을 끄집어내고 아가미도 떼어냈다. 밥통을 만져보니 묵직하고 매끈거렸다. 칼로 갈라보니 그 속에 날치가 두 마리나 들어 있었다. 날치는 아주 싱싱하고 살이 탄탄했다.

두 마리를 옆에 나란히 내려놓고 내장과 아가미는 뱃전 밖으로 휙 던졌다. 그것들은 인광을 발하면서 물속으로 가라앉았다. 만새기의 몸통은 차가웠고 별빛 아래 나환자처럼 희뿌옇게 보였다. 그는 오른발로 고기의 머리쪽을 밟고 한쪽 껍질을 벗겼다. 그리고 뒤집어서 반대쪽 껍질도 벗기고는 대가리에서 꽁지까지 살을 발라냈다.

그는 등뼈만 남은 만새기를 뱃전 밖으로 슬쩍 던지고는 물속에 소용돌이가 일어나는지 지켜보았다. 하지만 그저 희미한 인광을 보이며 가라앉을 뿐이었다. 노인은 몸을 돌려서 만새기 고기 두 덩어리 사이에 날치 두 마리를 끼우고, 칼집에 칼을 집어넣고 천천히 뱃머리 쪽으로 돌아갔다. 어깨에 걸쳐진 낚싯줄 때문에 노인의 등은 굽어져 있었고 오른손으로는 물고기를 들고 있었다.

뱃머리로 돌아온 노인은 만새기 고깃덩어리 두 개를 판자에 나란히 내려놓고 날치도 그 옆에 놓았다. 그 다음 어깨에 걸고 있는 줄 위치를 바꾸고, 뱃전에 올려놓은 왼손으로 다시 줄을 붙잡았다. 노인은 뱃전에 기대어 손을 스쳐지나가는 물의 속도를 가늠하면서 날치를 씻었다. 만새기 껍질을 벗기느라 손에 인광이 묻어 거기에 닿는 물결이 뚜렷하게 보였다. 지나가는 물살은 좀 약해졌고, 뱃전 바깥에 손을 문지르니 인광이 떨어져나가 선미 쪽으로 흘러갔다.

"저놈도 지쳤거나 좀 쉬려는 모양이구나. 나도 만새기 고기를 먹고 쉬었다가 잠도 좀 자야겠다."

노인이 혼잣말을 했다.

별이 가득한 하늘 아래, 차가운 밤의 냉기를 느끼며 그는 만새기 고깃덩어리 한쪽의 절반을 먹고, 내장과 대가리를 떼어버린 날치 한 마리도 먹어치웠다.

"만새기는 제대로 요리하면 아주 맛있는 생선인데. 날것으로 먹으면 정말 형편없는 맛이야. 다음부터는 소금이나 라임을 꼭 가져와야겠어." 노인이 말했다.

'아까 낮에 머리를 써서 바닷물을 뱃전에 뿌려놓았으면 소금을 얻을 수 있었을 텐데. 하지만 만새기를 잡았을 때는 이미 해질 무렵이었지. 그렇긴 해도 준비 부족이라고 볼 수 있어. 아무튼 고기를 꼭꼭 천천히 씹어 먹었더니 구역질은 안 나는군.' 노인은 생각했다.

동쪽 하늘에 구름이 몰려오면서 낯익은 별들이 점점 사라졌다. 마치 거대한 구름의 골짜기에 빨려 들어가는 것 같았다. 바람은 완전히 멎었다.

"사나흘 후에는 날씨가 사나워지겠네. 오늘밤하고 내일까지는 걱정 없어. 어이, 늙은 양반. 저놈이 얌전히 있는 동안에 잠을 자 두자고." 노인이 말했다.

노인은 오른손으로 낚싯줄을 단단히 잡고 그 위를 허벅지로 누르고 온몸의 무게를 뱃머리 판자에 실었다. 그러고 나서 어깨에 걸친 줄을 조금 낮추고 왼손을 그 위에 얹어 팽팽하게 만들었다.

'줄이 팽팽한 동안에는 오른손으로 잡을 수 있을 거야. 잠을 자는 동안 줄이 느슨해져서 풀려 내려가면 왼손이 나를 깨워줄 테고. 오른손이 힘든 일을 담당하는 거지만 오른손은 힘든 일을 견디는 데 익숙하니까 괜찮겠지. 이삼십 분만 잘 수 있으면 아주 좋겠는데.'

노인은 생각했다.

노인은 몸을 앞으로 웅크리고 낚싯줄에 기대어 오른손에 온몸을 지탱한 채 잠이 들었다.

그는 사자 꿈을 꾸지는 않았지만 12 내지 16킬로미터나 펼쳐진 돌고래 떼를 보았다. 놈들은 마침 교미하는 시기라서 공중으로 뛰어올랐다가 올라갈 때 생긴 구멍으로 다시 떨어지곤 했다. 그리고 나서 마을로 돌아와 자기 침대에서 자는 꿈을 꾸었다. 북풍이 불어와 무척 추웠고 베개 대신 팔을 베고 자서 오른팔이 저렸다.

그 다음 꿈엔 아득하게 길게 펼쳐진 금빛 해안이 눈 앞에 펼쳐졌다. 초저녁에 처음 사자 한 마리가 해변에 나타나자 다른 사자들도 따라 나타났다. 노인은 저녁 미풍을 받으며 닻을 내린 뱃머리 판자에 턱을 고이고 앉아 사자들이 더 나타나지나 않을까 기대하고 있었는데 기분이 상당히 유쾌했다.

달이 떠오른 지도 상당히 지났지만 노인은 여전히 잠에 빠져있었다. 그놈은 여전히 낚싯줄을 끌고 가고 있었고 배는 구름 터널 속으로 들어가고 있었다.

노인은 오른손 주먹이 얼굴을 때리고 손바닥이 화끈거릴 만큼 줄이 풀려 내려가서 갑작스럽게 잠에서 깨어났다. 왼손에는 감각이 없었다.

그는 오른손으로 힘껏 줄을 잡아당겼지만 엄청난 속도로 줄이 풀려 내려갔다. 드디어 왼손으로도 줄을 잡을 수 있었다. 그는 몸을 뒤로 젖혀 등으로 눌러 버텼지만 왼손과 등은 마찰로 인해 타는 듯 뜨거웠다. 왼손으로 온힘을 다해 버티느라 왼손에 심한 상처가 생겼다. 몸을 돌려 줄이 감겨 있는 곳을 보니 줄이 술술 풀려 내려가고 있었다.

그때 놈이 물을 가르고 솟아올랐다가 묵직한 물소리를 내며 다시 물속으로 들어갔다. 그러고 나서 놈은 다시 연달아 물위로 뛰어올랐다. 줄은 계속 풀려나가는데도 배는 거칠고 빠르게 내달리고 있었다. 노인은 줄이 끊어질 정도로 팽팽히 당겼고 풀리면 또 힘껏 당기곤 했다. 그러다 갑자기 노인은 뱃머리 쪽으로 끌려가 넘어져 만새기 고깃덩어리에 얼굴을 처박고 몸을 꼼짝할 수가 없었다.

'걱정하던 일이 결국 일어났군. 그러니까 이제 사태를 침착하게 받아들여야지. 저놈에게 낚싯줄 값을 치르게 할 테다. 아무렴 그래야 하고말고.' 노인은 생각했다.

그에겐 놈이 뛰어오르는 모습은 보이지 않고 바닷물이 갈라지는 소리와 수면에 떨어질 때 나는 묵직한 물소리만 들릴 뿐이었다. 낚싯줄이 너무 빨리 풀려나가는 바람에 손바닥을 심하게 베었다. 이 정도 상처는 진작부터 각오하고 있었다. 그래서 되도록 손바닥의 못이 박힌 부분으로 줄을 잡아서 손바닥에 상처가 나도 크게 아프지 않도록 노력했던 것이다.

'만일 그 아이가 있었으면 낚싯줄 뭉치를 물로 적셔 놓았을 텐데.' 노인은 생각했다.

'그래, 그 아이가 있었으면 그렇게 해주었겠지. 그 아이가 같이 있었다면…….'

낚싯줄은 지속적으로 풀려나갔지만 차츰 속도가 느려졌다. 노인은 손끝으로 그것을 감지했다. 노인은 놈이 한 치라도 더 줄을 끌고 가기 힘들도록 애쓰고 있었다. 그리고 그제서야 그는 생선 고깃덩어리에 처박은 얼굴을 들 수 있었다. 무릎을 대고 천천히 몸을 일으켰다. 줄을 계속 풀어주면서도 속도는 더 늦추었다. 그는 보이지 않는 줄을 발로 더듬어 원래 있던 곳으로 돌아갔다.

줄은 아직 충분히 여유가 있었다. 놈은 이제 풀려 내려간 줄의 무게까지 부담하고 끌어야 하는 상황이었다.

'그래! 놈은 열 번도 넘게 물위로 뛰어올랐으니 등줄기에 있는 부레에 공기가 가득 들어갔을 거야. 그러니 이제 내가 끌어올리기 힘들만큼 깊이 잠수하더라도 죽을 염려는 없을 거야. 저놈은 이제 곧 빙글빙글 원을 그리며 돌겠지. 그때 내가 손을 써야 해. 근데 왜 별안간 물위로 뛰쳐나왔을까? 배가 고파서 발버둥친 걸까? 아니면 캄캄한 물속에서 뭔가를 보고 놀랐나? 아니면 겁을 집어먹은 걸까? 하지만 그렇게도 위풍당당하고 침착하던 놈이었는데.' 노인은 생각했다.

그건 참 이상한 일이었다. 노인의 생각은 꼬리에 꼬리를 물었다.

"이보게 늙은 양반. 자네나 겁먹지 말고 자신감을 갖게. 자네가 낚싯줄을 잡고는 있지만 줄을 잡아당기지도 못하고 있잖아. 놈은 이제 곧 빙글빙글 돌 거야."

노인은 큰 소리로 자신에게 말했다.

그는 왼손과 어깨로 줄을 제어하면서 몸을 낮추고 오른손으로 물을 떠다가 얼굴에 붙은 만새기 고깃점을 씻어냈다. 그대로 두면 욕지기를 일으켜 기력이 소모될지도 몰랐기 때문이다. 얼굴을 씻어내고 오른손을 뱃전 밖으로 늘어뜨려 물에 담갔다. 해가 뜨기 직전이라 동쪽 하늘이 희뿌옇게 보였다.

'놈은 동쪽으로 향하고 있군. 이건 놈이 지쳐서 조류를 따라 움직이고 있다는 뜻이지. 얼마 후 빙글빙글 돌기 시작할 거야. 그때가 바로 우리의 진짜 싸움이 시작되는 거지.' 노인은 생각했다.

오른손을 충분히 담갔다고 판단한 노인은 손을 꺼내어 살펴보았다.

"그다지 대수롭지는 않군. 사내에게 이 정도 상처가 무슨 대수람." 노인이 말했다.

그는 새로 생긴 상처에 낚싯줄이 파고들지 않도록 조심해서 줄을 바꿔 잡고 물고기 무게를 다른 쪽으로 옮긴 다음, 왼손을 반대편 뱃전 너머로 물에 넣었다.

“네가 쓸데없는 짓을 하다가 이렇게 다친 건 아니지만, 네가 어디 있는지 보이지 않을 때가 있었구나.”

그가 자기 왼손을 보고 말했다.

‘내 왼손은 왜 오른손처럼 튼튼하게 타고나지 못했을까? 물론 오른손만 주로 사용해서 왼손은 훈련이 부족했던 건 내 잘못이겠지. 하지만 배울 기회는 얼마든지 있었지. 그래도 지난밤에는 쥐가 한 번 나긴 했지만 그다지 나쁘진 않았어. 만일 왼손 네가 다시 쥐가 난다면 낚싯줄에 손이 잘려도 신경 쓰지 않을 거야.’

이런 생각을 하던 노인은 문득 자기 머리가 맑지 않다는 것을 자각했다. 그래서 만새기를 더 먹어둬야겠다고 생각했다.

‘하지만 저건 먹을 수가 없겠어. 영양을 보충한답시고 머리를 처박았던 고깃덩어리를 먹었다간 구토가 나서 기력을 잃을 가능성이 높아. 상하기 전까진 비상용으로 보관해두자. 뭔가를 먹어서 기력을 높이기엔 너무 늦었어. 아참, 넌 왜 이리 멍청하냐. 한 마리 남은 날치를 먹으면 되는데.’ 노인은 생각했다.

날치는 언제든 먹을 수 있도록 깔끔하게 준비되어 있었다. 노인은 왼손으로 날치를 집고 뼈도 꼭꼭 씹어서 꼬리까지 전부 먹어치웠다.

'날치는 어떤 생선보다도 영양분이 많아. 적어도 내게 필요한 영양분은 얻을 수 있지. 내가 할 수 있는 일은 다 한 셈이군. 그럼 이제 놈이 빙글빙글 선회하도록 만들어서 한 번 싸워보자.' 노인은 생각했다.

노인은 바다에 나온 이후 세 번째 일출을 보게 되었다. 그때 놈이 빙글빙글 돌기 시작했다.

낚싯줄의 경사도만 봐서는 놈이 확실하게 돌고 있는지 알 수 없었다. 그렇게 판단하기엔 아직 이른 시점이었다. 하지만 놈이 줄을 당기는 힘이 느슨해진 것을 눈치 채고 오른손으로 조금씩 당기기 시작했다. 줄은 여전히 팽팽하긴 했지만 끊어질 듯한 정도에 이르자 조금씩 줄이 끌려오기 시작했다. 그는 어깨와 머리에서 줄을 빼내고 조심스럽게 꾸준히 줄을 당겼다. 두 손을 사용하되 몸과 다리를 최대한 활용하여 줄을 끌어당겼다. 늙어서 약해진 다리와 어깨를 축으로 삼았다.

"굉장히 큰 원을 그리는구나. 저놈이 지금 큰 원을 그리며 돌고 있는 거야." 노인이 말했다.

이윽고 줄은 더 이상 당겨지지 않았고, 노인은 팽팽한 줄에서 물방울이 튕겨 햇빛에 반짝이는 것을 보았다. 바로 그때 줄이 다시 풀려나가기 시작했고 노인은 무릎을 꿇고 안타까운 마음으로 줄이 캄캄한 물속으로 끌려 내려가는 것을 지켜보았다.

"지금 놈은 원을 가장 멀리 돌고 있는 거야."

'줄을 늦추지 말고 최대한 당겨야겠어. 내가 있는 힘껏 당기고 있으면 저놈이 도는 원의 크기도 작아지겠지. 잘하면 한 시간 뒤에 저놈의 모습을 다시 보게 될 수도 있어. 이젠 저놈에게 따끔한 맛을 보여줄 때가 됐군.'

노인은 생각했다.

하지만 놈은 꿈쩍도 하지 않고 계속 돌고 있었다. 두 시간이 지나자 노인의 온몸은 땀으로 흠뻑 젖었고 피로감은 극에 달했다. 그래도 놈의 회전 반경은 상당히 짧아졌고 또한 낚싯줄의 경사도로 보아 놈이 지속적으로 수면을 향해 올라오고 있음을 알 수 있었다.

한 시간 전부터 노인의 시야에 검은 반점이 어른거렸고 땀이 눈으로 흘러들어 따가웠다. 눈 위와 이마에 난 상처가 쓰라렸다. 하지만 눈앞을 어른거리는 검은 반점은 별로 걱정하지 않았다. 낚싯줄을 힘껏 잡아당길 때면 으레 나타나는 현상이었기 때문이다. 하지만 두 번 연속으로 어지러운 현기증을 느낀 것은 걱정스러웠다.

"이런 대어를 앞에 두고 죽을 수는 없어. 저렇게 멋지게 생긴 놈이 다가오는데. 하느님, 저에게 버틸 수 있는 힘을 허락하소서. 주기도문과 성모송을 백 번 씩 외우겠습니다. 지금 당장은 할 수 없지만요." 그가 말했다.

'지금은 일단 외운 것으로 해주세요. 나중에 꼭 제대로 외울 테니까요.' 노인은 생각했다.

바로 그때 노인은 두 손으로 잡고 있던 낚싯줄이 갑자기 당겨지는 것을 느꼈다. 그 힘은 묵직하고 굉장한 기세였다.

'저놈이 지금 창같이 뾰족한 주둥이로 낚싯줄을 부딪치고 있구나. 그렇게 나올 줄 예상했다. 그럴 수밖에 없었을 테지. 하지만 그 때문에 뛰어오를지도 모르겠군.

그냥 이대로 빙글빙글 돌기나 했으면 좋겠는데. 공기를 채우려면 물위로 뛰어올라야겠지. 하지만 뛰어오르게 되면 낚싯바늘이 박힌 상처가 벌어져서 결국 몸에서 빠져버릴 수도 있어.' 노인은 생각했다.

"뛰어오르지 마라! 이놈아. 뛰지 마!"

노인이 외쳤다.

놈은 이후에도 대여섯 번 줄을 들이받았고 또 대가리를 흔들 때마다 노인은 줄을 풀어주었다.

'저놈의 고통을 지금 정도에서 유지시켜줘야 할 텐데. 내 고통은 상관없어. 난 견딜 수 있으니까. 하지만 저놈은 고통이 심해지면 미쳐 날뛸 거야.'

노인은 생각했다.

얼마 후 놈은 철로 된 낚싯줄을 들이받기를 그만두고 다시 천천히 원을 그리며 돌기 시작했다. 노인도 쉬지 않고 줄을 끌어당겼다. 그런데 노인에게 또 다시 아찔한 현기증이 찾아왔다. 그는 왼손으로 바닷물을 떠서 머리를 적셔 보았다. 그리고 목덜미도 물로 적시고 손바닥으로 문질렀다.

"그래도 쥐가 나지 않아서 다행이야. 금방 놈이 물위로 올라올 거야. 나는 버틸 수 있어. 아니 반드시 버텨내야 해. 당연한 일이지." 그가 말했다.

그는 뱃머리에 기대어 무릎을 꿇고 잠시 줄을 등 위로 젖혀 놓았다.

'저놈이 멀리서 돌고 있는 동안은 좀 쉬어야겠다. 나중에 가까이 다가오면 일어나 싸워야지.'

그는 이렇게 결심했다.

노인은 뱃머리에 앉아 휴식을 취하는 동안은 줄을 당기지 않고 놈이 혼자 돌도록 내버려두고 싶은 마음이 간절했다. 하지만 줄이 팽팽한 정도를 보건대 놈이 배를 향해 접근하고 있는 것 같았다. 노인은 자리에서 벌떡 일어나 마치 베를 짜는 것처럼 양 팔을 번갈아 움직이며 줄을 당겼다.

'이렇게까지 지치고 피곤했던 적은 없었는데. 이제 무역풍이 불어오는구나. 이 바람은 놈을 끌고 가기에 도움이 되겠다. 내가 원하고 바라던 바람이야.'

노인은 생각했다.

"저놈이 다시 멀리 빙글빙글 돌면 쉬어야겠구나. 기분이 한결 좋아졌어. 앞으로 두세 바퀴 더 돌면 잡을 수 있을 거야."

그의 밀짚모자는 뒤통수 쪽에 걸려 있었다. 놈이 바깥으로 방향을 돌렸을 때 그는 줄의 힘에 끌려 뱃머리 쪽에 주저앉고 말았다.

'물고기 놈이 여전히 열심히 움직이고 있구먼. 하지만 네가 돌아오면 잡아주마.' 노인은 생각했다.

파도가 상당히 높이 일렁이고 있었다. 하지만 그것은 좋은 날씨를 예고하는 미풍이 일으킨 것이었고, 나중에 집으로 돌아갈 때 필요한 바람이었다.

"배를 서남쪽으로 움직여야겠군. 사내가 바다에서 길을 잃을 순 없지. 게다가 이곳은 기다란 섬이니까."

그가 말했다.

노인이 그 물고기 전체를 온전하게 처음으로 본 건 놈이 세 바퀴째 돌 때였다. 처음엔 배 아래를 통과하는 데 시간이 오래 걸려서 그 거대한 크기를 보고도 믿을 수 없을 정도였다.

"아냐, 놈이 이렇게까지 클 리가 없어."

하지만 놈은 실제로 그렇게 거대했다. 놈은 마침내 빙글빙글 선회를 멈추고 약 27미터 떨어진 곳으로 떠올랐고, 그는 물위로 노출된 놈의 꼬리를 보았다. 꼬리는 커다란 낫보다도 더 길고 날카로웠다. 짙은 바닷물을 통해 보니 보랏빛을 띠고 있었다. 꼬리는 뒤로 기울어져 있었다. 놈이 수면 바로 아래를 지나갈 때 거대한 몸통과 보라색 줄무늬가 보였다. 등지느러미는 처져 있었고 가슴지느러미는 양쪽으로 펼쳐져 있었다.

그제야 노인은 놈의 눈을 볼 수 있었다. 게다가 놈의 주위를 배회하는 회색 빨판상어 두 마리도 보였다. 상어들은 놈에게 바짝 붙었다가 떨어지기를 반복하면서 가끔 놈의 아래쪽에서 유유히 헤엄치기도 했다. 상어들은 길이가 1미터 정도였는데 뱀장어처럼 힘차게 움직였다.

노인은 땀을 상당히 흘리고 있었다. 햇볕 때문만은 아니었다. 놈이 유유히 침착하게 선회할 때마다 그는 줄을 잡아당겼다. 두 바퀴만 더 돌면 작살을 꽂을 기회가 올 거라고 확신했다.

'하지만 놈을 가까이 아주 가까이 오게 해야 해. 그리고 작살을 대가리에 꽂으면 안 돼, 일격에 심장을 찍어야 해.' 노인은 생각했다.

"늙은이, 침착하게 움직여, 그리고 힘을 내라."

다음 선회를 할 때 놈의 등이 수면 위로 노출되었지만 아직 배에서 거리가 너무 멀었다. 그 다음 기회에도 아직 거리가 멀었지만, 놈의 몸통이 수면 위로 더 많이 노출되었기 때문에 그는 줄을 좀 더 잡아당기면 배와 더 가까워질 수 있을 것이라고 생각했다.

노인은 진작 작살을 준비해 두었고 작살에 연결된 가는 줄은 감아서 둥근 광주리 안에 넣어두고 그 끝은 뱃머리 말뚝에 튼튼하게 묶어 두었다.

놈은 유유히 우아한 몸집을 보이며 접근하고 있었다. 노인은 놈을 가까이 끌어들이려고 줄을 열심히 끌어당겼다. 놈은 잠시 옆으로 기우뚱하더니 이내 몸을 다시 세우고는 다시 선회하기 시작했다.

"내가 저놈을 움직였어! 내가 저 거대한 놈을 움직였다고!" 노인은 말했다.

또 현기증이 일었다. 하지만 노인은 온힘을 다해 낚싯줄을 붙잡고 버텼다.

'내가 저놈을 움직였어.' 그는 생각했다.

'이번에는 놈을 끝장내버릴 수 있을지도 몰라. 손아, 열심히 당겨라! 그리고 두 다리야, 끝까지 버텨다오. 머리야, 너도 잘 견뎌. 지금껏 한 번도 정신을 잃은 적은 없잖니. 이번에는 분명히 놈을 끌어오고야 말 테니까.'

사력을 다해 놈을 끌어당겼지만 놈은 몸통을 기우뚱했다가 다시 똑바로 자세를 잡고 달아나버렸다.

"물고기야, 이놈아 너는 어차피 죽을 수밖에 없잖니. 너도 나를 죽여야겠니?" 그가 말했다.

'그렇게 되면 지금까지 한 일은 모두 허사가 되고 마는 거지.' 노인은 생각했다.

입안이 바짝 말라버려 말도 나오지 않았다. 이젠 물통 있는 곳까지 움직이지도 못할 정도였다.

'이번에는 틀림없이 놈을 뱃전으로 나란히 끌어와야 해. 놈이 저렇게 계속 돈다면 내가 견디지 못할 거야. 아니지, 그럴 리는 없어. 난 끄떡없어.' 노인은 생각했다.

놈이 다시 돌기 시작했고, 그는 놈을 거의 붙잡을 뻔했지만, 놈은 몸을 바로 세우고 유유히 달아나버렸다.

'이놈이 나를 죽이고 있구나.' 노인은 생각했다.

'하지만 네게도 그럴 자격은 있지. 근데 친구야, 난 여태까지 너처럼 거대하고 너처럼 아름답고 너처럼 침착하고 고상한 물고기는 본 적이 없다. 그러니까 네가 나를 죽인데도 별로 분하진 않을 거 같구나. 이제 내 머리가 멍해지고 있어.' 그는 생각했다.

'머리를 좀 차분하게 식혀야 해. 사내답게 끝까지 고통을 참아내도록 생각을 해보자. 저 물고기처럼 고통을 견뎌내야 해.'

"머리야, 맑아져라! 머리야, 정신 차려!"

노인이 외쳤다. 하지만 그 소리는 자기 귀에도 들리지 않을 정도로 작았다.

놈이 배 주위를 두 바퀴 더 돌았지만 상황은 마찬가지였다.

'이젠 어떻게 될지 모르겠다.' 노인은 생각했다.

줄을 잡아당길 때마다 거의 기절할 것 같았다.

'이제 어떻게 해야 할지 모르겠다. 하지만 한 번만 더 해보자.' 노인은 생각했다.

노인은 한 번 더 힘을 쏟았다. 마침내 놈이 휘청거렸다. 그때 노인도 정신이 어지러워 혼미해졌다. 놈은 또 다시 몸을 일으켜 세우고 커다란 꼬리를 수면 위에서 좌우로 흔들며 유유히 달아나 버렸다.

'다시 한 번 해봐야겠다.'

노인은 속으로 결심했다. 하지만 두 손은 이미 흐물흐물해져서 힘이 들어가지 않았고 두 눈은 사물이 뿌옇게 되어 순간적으로만 보였다. 노인은 다시 해보았지만 역시 허사였다. 그는 머리가 혼미해지는 것을 느꼈다.

'그래도 또 한 번 해보자.'

노인은 온갖 고통과 마지막 남아 있는 힘과 과거에 사라진 자존심까지 총동원하여 놈의 마지막 고통과 대결했다. 놈은 배 쪽으로 가까이 접근하여 주둥이가 뱃전에 닿을 정도로 부드럽게 배 옆을 지나갔다. 은빛 몸통을 수놓은 보랏빛 줄무늬는 물속까지 끝없이 이어져 있는 듯 보였다.

노인은 손으로 잡고 있던 낚싯줄을 한쪽 발로 밟았다. 그 다음 작살을 가능한 한 높이 치켜들었다가 마지막 힘을 내어, 아니 지금까지 발휘했던 힘과는 비교도 안 되는 힘을 끄집어내어 노인의 가슴 높이까지 솟아오른 놈의 가슴지느러미 뒤쪽 옆구리에 꽂았다. 작살의 날이 놈의 살 속을 파고드는 것을 느끼면서 작살에 자신의 체중을 실어 더욱 깊이 박아넣었다.

죽음을 앞둔 놈은 갑자기 마지막 기력을 다해 수면 위로 솟아올랐다. 놈의 몸통은 기나긴 몸집과 육중한 덩치의 어마어마한 위력과 아름다움을 아낌없이 보여주었다. 놈은 순간적으로 배 안에 있는 노인의 머리 위에 걸려 있는 것처럼 떠 있더니 이윽고 굉음을 내며 물속으로 추락했다. 엄청난 물보라가 일었고, 그 물보라를 뒤집어쓴 노인과 배는 온통 흠뻑 젖었다.

그는 머리가 몽롱하고 속이 메스꺼웠다. 게다가 눈도 잘 보이지 않았다. 하지만 노인은 쉬지 않고 작살 줄이 엉키지 않게 정리했다. 속살이 노출된 두 손으로 천천히 낚싯줄을 풀어주었다.

그제서야 간신히 눈이 보이기 시작했다. 놈이 은빛 뱃살을 드러내고 물에 떠 있는 것이 보였다. 작살 자루가 놈의 어깨 쪽에 비스듬히 꽂혀 있었다. 주변 바다는 놈의 심장에서 쏟아져 나온 피로 붉게 물들었다. 처음엔 1.5킬로미터 이상 검푸른 바다에 떠 있는 고기떼처럼 시커멓게 보이더니 얼마 후 구름처럼 번져 나갔다. 은빛을 띤 놈은 이제 파도와 함께 조용히 움직이고 있었다.

노인은 희미하게 흔들리는 눈으로 그 광경을 바라보았다. 작살의 밧줄을 뱃머리 말뚝에 두 번 감아놓고 두 손으로 머리를 감쌌다.

"정신을 똑바로 차리자."

노인은 뱃머리 판자에 몸을 기대고 말했다.

"나는 늙은데다가 이제 완전히 녹초가 되어버렸어. 그런데 내 형제인 이 물고기를 죽였다. 이제는 노예처럼 뒤처리를 해야 해."

'이제 올가미와 밧줄로 저놈을 배 옆구리에 나란히 묶어야 해. 설령 도와줄 사람이 한 명 있다고 해도 지금 저놈을 배안에 실을 수는 없어. 배에 물이 차서 가라앉고 말 테니까. 아무리 물을 퍼낸다 해도 말이지. 저놈을 배 옆에 잘 묶은 다음에 돛대를 세우고 집으로 돌아가야겠다.' 노인은 생각했다.

이제 밧줄을 아가미에 넣어 주둥이로 빼낸 다음, 대가리를 뱃머리 옆에 단단히 묶어야 했다.

'이놈을 찬찬히 만져보고 들여다보고 싶어. 이놈은 이제 내 재산이니까. 하지만 내가 이놈을 만져보고 싶은 건 그 이유 때문만은 아니야. 내가 두 번째 작살을 찔러 넣을 때 이놈의 심장을 느꼈어. 그럼 이제 이놈을 바짝 끌어당겨 꼬리와 배에 올가미를 걸어 놓고 배에 묶어야겠다.' 노인은 생각했다.

"늙은 양반아, 이제 일을 해보자."

그는 이렇게 말하고 물을 한 모금 마셨다.

"격전을 치렀으니 이제는 노예처럼 중노동을 해야겠구먼."

노인은 하늘을 쳐다보고 나서 그놈에게 시선을 돌렸다. 해의 위치를 가늠해보니 정오가 지난 지 얼마 안 되었다. 무역풍이 불어오고 있었다.

'낚싯줄은 아무래도 괜찮아. 집에 돌아가서 그 아이와 함께 다시 꼬아서 이으면 되니까.' 노인은 생각했다.

"자, 이리 오너라. 물고기야."

그러나 물고기는 다가오지 않았다. 그러기는커녕 바다에 누워 파도에 몸을 맡기고 있었다. 노인은 배를 움직여 물고기에게 다가갔다. 물고기 옆에 배를 대고 묶으려고 할 때 놈의 거대함에 다시 한 번 깜짝 놀랐지만 차분히 해야 할 일을 시작했다.

먼저 작살 밧줄을 말뚝에서 풀어서 그걸 놈의 아가미로 넣어 턱으로 빼내고 창처럼 뾰족한 주둥이를 한 번 감아서 반대편 아가미로 빼냈다. 그리고 다시 주둥이를 감고 양끝을 매듭짓고 뱃머리에 있는 말뚝에 묶어놓았다. 그리고 밧줄을 잘랐다.

이젠 꼬리에 올가미를 거는 일이 남았다. 노인은 선미 쪽으로 갔다. 원래 보랏빛과 은빛이 섞여 있던 몸통은 이제 은빛으로만 변해 있었고, 줄무늬는 꼬리와 같이 연한 보라색이었다. 줄무늬의 두께는 손가락을 쫙 편 어른 손바닥보다도 넓었다.

눈은 잠망경의 반사경처럼 또는 행렬을 따라 걸어가는 성자처럼 초연해 보였다.

"그놈을 죽이는 것은 그 방법밖에 없었어."

노인은 중얼거렸다. 물을 마시고 나니 기분이 한결 좋아졌다. 기절할 것 같지도 않고 머리도 맑아졌다.

'몸통을 보니 680킬로그램은 되겠군. 아니 그보다 더 나갈지도 몰라. 내장을 버리고도 3분의 2가 남을 텐데. 450그램에 30센트씩 받는다면?' 노인은 생각했다.

"계산을 하려면 연필이 필요하겠네. 하지만 머리가 멍해서 계산은 할 수가 없겠어. 그래도 그 위대한 디마지오도 오늘의 나를 봤다면 자랑스럽게 생각했을 거야. 디마지오처럼 발뒤꿈치에 뼈돌기는 없지만 손과 등은 정말 고통스러웠거든." 노인이 말했다.

'발뒤꿈치에 생기는 뼈돌기는 어떤 증세일까? 몰라서 그렇지 우리에게도 그런 증세가 있는지도 몰라.'

노인은 물고기를 뱃머리와 가운데 그리고 선미 쪽에 단단히 묶었다. 고기가 너무나 거대해서 마치 배 옆에 더 큰 배를 나란히 붙여놓은 것 같았다.

주둥이가 벌어지지 않도록 줄 한 가닥으로 아래턱을 주둥이에 묶었다. 그렇게 해야 저항을 줄이고 배가 순조롭게 달릴 수 있기 때문이었다. 그런 다음에 돛대를 세우고 갈고리대와 가름대 등 장비를 갖추고 누더기처럼 기운 돛을 펼쳤다.

드디어 배가 움직이기 시작했다. 나침반이 없어도 노인은 서남향을 알 수 있었다. 무역풍이 불어오는 감촉을 알기 때문에 돛이 이끄는 대로 움직이면 충분했다.

짧은 낚싯줄에 가짜미끼라도 달아서 뭐든 잡아 배를 채우고 목도 축여야겠는데. 가짜미끼는 보이지 않았고 잡아놓은 정어리는 이미 썩어서 사용할 수 없게 되었다. 그래서 하는 수 없이 갈고리로 누런 해초 한 조각을 건져서 뱃바닥에 털어보니 거기에서 작은 새우가 바닥에 떨어졌다. 그중 서너 마리는 먹을 만해 보였다. 잔 새우가 열 마리도 넘게 발밑에서 모래벼룩처럼 튀어올랐다.

그는 엄지와 검지로 새우의 머리를 뜯고 껍질과 꼬리를 통째로 씹어 먹었다. 새우가 작긴 하지만 영양이 풍부하고 맛도 괜찮다는 것을 노인은 알고 있었다.

물병에는 두 번 마실 물이 남아 있었다. 노인은 새우를 먹고 나서 한 번 마실 양의 반만 마셨다. 배는 무거운 짐을 묶었는데도 순조롭게 달리고 있었고, 그는 키 손잡이를 움직여 배를 조종했다.

물고기는 눈에 잘 들어왔다. 그는 갈라진 손바닥을 들여다보고 선미에 기댄 등의 상처에 통증이 느껴지자 비로소 꿈을 꾸는 것이 아니라 실제 상황이라는 것을 실감했다. 놈과의 싸움이 마무리 될 무렵엔 너무나 힘겨워서 혹시 꿈을 꾸는 게 아닌가 하는 생각이 들기도 했다. 놈이 수면 위로 솟아올라 물에 떨어지기 직전 공중에 떠 있는 듯한 광경을 봤을 때 비현실적으로 느껴져 믿기지가 않았다. 지금도 눈이 잘 안 보이지만 그때는 지금보다 훨씬 더 앞이 제대로 보이지 않았던 것이다.

이제는 물고기가 실제로 존재한다는 것, 그리고 자기 손바닥과 등이 실제로 아프다는 것을 깨달았다. 손바닥과 등의 상처는 얼마 지나지 않아 곧 나을 것이다. 출혈이 멎었고 바닷물에 담갔으니까. 깊은 바다의 물은 어부들에게 무엇보다 효험 있는 약이니까.

두 손은 제 할 일을 해냈고 배는 항구를 향해 순조롭게 달리고 있었다. 이제 머리만 맑아지면 될 터였다.

물고기는 주둥이를 꽉 다물고 꼬리만 위아래로 흔들거리고 있었다.

'저놈과 나는 마치 형제처럼 항해하고 있어.'

노인의 머리가 차츰 몽롱해지기 시작했다.

'저놈이 나를 데려가고 있는 건가? 내가 저놈을 끌고 가고 있는 건가? 내가 저놈을 배 뒤에 끌고 가고 있는 거라면, 아니면 저놈이 위엄을 잃어버리고 배안에 실려 있는 거라면 이런 이상한 생각이 들 리는 없을 텐데. 하지만 저놈과 배는 서로 묶인 채 나란히 항해하는 중이야. 그래서 이런 혼란스러운 생각이 드는 거겠지. 하지만 설사 저놈이 나를 끌고 가는 거라도 상관은 없어. 나에겐 지혜가 있어서 저놈보다 좀 나은 것뿐이고 저놈이 나를 해치려는 건 아니니까 말이야.' 노인은 생각했다.

그들은 육지를 향해 순조롭게 진행하고 있었다. 노인은 두 손을 바닷물에 적시면서 정신을 차리려고 무척 애를 썼다.

하늘 높이 뭉게구름이 떠 있는 걸 보고 밤새 미풍이 불 것을 노인은 알고 있었다. 그는 꿈이 아닌 현실임을 인식하고 싶어서 물고기에서 시선을 떼지 않았다.

상어로부터 처음 공격을 받은 것은 그로부터 한 시간 후의 일이었다. 상어의 습격은 우연이 아니었다. 놈의 심장에서 흘러나온 시커먼 피가 1.5킬로미터 깊이의 바다에 번져나가자 상어가 깊은 바다에서 수면까지 추격해온 것이다. 상어는 무서운 속도로 거침없이 올라와 수면을 헤치고 햇볕에 모습을 드러냈다. 그리고 다시 물속으로 들어가 피 냄새를 쫓아 조각배와 고기의 경로를 따라 물을 가르고 달려온 것이다.

상어는 피 냄새를 잠시 잃었다가 다시 감지해내어 맹렬한 기세로 추격해왔다. 몸집이 거대하고 바다에서 속도로 따지자면 당할 자가 없는 마코상어[26]였다. 위협적인 주둥이만 빼면 아름다운 체형을 가진 그놈은 잔등이 황새치처럼 푸르고 배는 은빛이고 가죽은 매끈했다.

26 mako shark 우리말로 청상아리, 3.5m 길이에 시속 60km로 헤엄칠 수 있다.

수면 바로 밑에서 등지느러미를 흔들지 않고 마치 칼날이 물을 가르듯 지나가는데 커다란 주둥이를 꽉 다문 모습 말고는 흡사 황새치처럼 보였다. 굳게 다물고 있는 주둥이 속에는 이빨이 여덟 줄로 박혀 있었다. 여느 상어처럼 피라미드 모양이 아니라 사람의 손가락 크기로 오그린 매 발톱처럼 휘어져 있었다. 양쪽 끝이 마치 면도날처럼 예리하게 보였다. 바다에 사는 물고기라면 어떤 종류라도 잡아먹을 수 있을 것 같았다. 놈은 동작이 엄청나게 빠르고 힘이 강력하여 어떤 물고기도 당해낼 수가 없을 정도였다. 그런 무시무시한 놈이 신선한 피 냄새를 감지하고, 지느러미로 굉장한 속도를 내며 쫓아온 것이다.

노인은 그놈이 다가오는 모습을 보고, 바다에서 무서운 게 없고 내키는 대로 무슨 짓이든 저지르는 난폭한 놈이라는 것을 알아챘다. 그래서 놈을 보면서 작살을 챙겨놓고 밧줄에 단단히 묶어두었다. 하지만 고기를 묶어두느라 잘라 사용했기 때문에 길이가 짧았다.

이제 노인의 머리는 충분히 맑은 상태였고, 상어에 대한 전투의지는 충분했지만 희망은 별로 가질 수가 없었다. 좋은 일은 오래가지 못하는 법이라고 생각했다. 상어가 접근하는 것을 보면서 대어를 잠시 쳐다보았다. 차라리 이것도 꿈이었으면 좋겠다는 생각이 들었다.

'상어의 공격을 피할 수는 없겠지만 잘하면 죽일 수도 있을 거다. 덴투소[27], 이런 빌어먹을 놈.'

상어가 번개처럼 배 뒤쪽으로 습격하여 묶인 고기를 덮쳐 물어뜯는 순간, 노인은 놈의 벌어진 주둥이와 괴이한 눈알을 쳐다보았다. 고기를 물어뜯을 때 짤깍거리는 소리가 났다. 상어의 대가리가 수면 위로 쑤욱 올라오고 등과 옆구리까지 보였다.

노인은 상어의 대가리를 겨냥했다. 그리고 놈의 두 눈 사이의 줄무늬와 코에서 올라온 줄무늬가 마주치는 지점에 작살을 꽂아 넣었다. 상어의 가죽과 살이 갈라지는 소리가 들렸다. 커다랗고 뾰족한 대가리와 큰 눈, 위협적인 이빨로 뭐든 물어뜯는 주둥이가 보였다.

27 스페인어로 '날카로운 이빨', 마코상어를 가리킴

노인은 거기에 골이 있다는 걸 알고 작살을 꽂아 박은 것이었다. 그는 있는 힘껏 피범벅이 된 두 손으로 작살을 잡고, 희망은 보이지 않지만 단호한 결의와 가차 없는 적개심을 가지고 내리찍었다.

상어는 몸뚱이를 한 바퀴 옆으로 굴렸고 노인이 보기에도 상어의 눈알은 더 이상 살아있지 않았다. 그런데도 상어는 몸을 다시 뒤집어서 밧줄로 제 몸을 두 바퀴나 감았다.

노인은 상어가 이제 죽었음을 알았지만 상어는 아직 죽음을 인정하지 않는 것 같았다. 배때기를 위로 보이고 누운 상어는 꼬리로 물을 치고 이빨로 소리를 내며 흡사 경주용 보트처럼 물살을 헤치고 몸부림치며 달아났다. 꼬리로 물을 후려칠 때마다 수면에 하얀 물보라가 일어났다. 이윽고 작살이 꽂힌 밧줄이 팽팽해지고 부르르 떨리더니 툭 끊어져버렸다. 상어의 몸통은 사분의 삼 정도 수면 위로 드러났다. 노인은 그저 가만히 상어를 지켜보았다. 상어는 수면 위에 잠시 머물러 있다가 천천히 물속에 가라앉기 시작했다.

“저 망할 놈이 18킬로그램 정도 뜯어먹었겠군.”

노인이 중얼거렸다.

‘내 작살과 밧줄도 모두 가져가버렸어. 내 물고기가 계속 피를 흘리고 있으니 다른 상어 놈들이 또 좇아오겠군.’ 그는 생각했다.

살점이 뜯겨나간 고기를 차마 보고 싶지 않았다. 고기의 살점이 뜯긴 것이 마치 자기 살점이 뜯긴 것처럼 아프고 서글펐다.

‘하지만 나는 내 물고기를 습격한 상어를 해치웠어. 그놈은 지금까지 본 것 중에 제일 큰 마코상어야. 큰 놈들을 많이 봐 왔지.’ 노인은 생각했다.

‘이렇게 엄청난 행운이 오래갈 리가 없지. 죽을힘을 다해 대어를 잡은 일도 그냥 꿈이었으면 좋겠다. 지금 집에서 신문지를 깔고 침대에 누워있다면 좋겠어.’

“인간은 패배하라고 만들어진 게 아니야. 인간은 파멸당할 수는 있어도 패배할 수는 없어.” 노인이 말했다.

‘고기를 죽인 것이 후회스럽군. 이제부터가 정말 힘들어질 텐데. 내게는 이제 작살도 없다. 마코상어는 잔혹

하고 굉장히 힘이 세고 머리도 영리하지. 하지만 내가 더 영리했지. 아니, 그게 아니라 내가 좀 더 괜찮은 무기를 갖추고 있었던 것뿐이야.' 노인은 생각했다.

"늙은 양반, 괜한 생각하지 말고 배나 잘 몰고 가자고. 일이 닥치면 그때 싸우면 되는 거지."

노인이 큰 소리로 말했다.

'그래도 생각을 안 할 수는 없어. 내게 남은 거라곤 생각하는 것하고 야구밖에 없잖아. 근데 내가 상어의 대가리를 쑤시는 걸 봤다면 위대한 디마지오 선수는 뭐라고 했을까? 뭐 그렇게 굉장한 솜씨라곤 할 수 없을 테고, 누구라도 할 수 있는 일이었겠지. 그런데 찢어진 내 손바닥이 디마지오의 발뒤꿈치만큼 불리한 조건이었을까? 알 수 없는 노릇이야. 헤엄을 치다가 가오리를 밟아 침에 찔려 다리가 마비되고 참을 수 없을 정도로 아팠던 경우를 빼면 발에 상처가 난 적은 없었으니까.'

노인은 생각했다.

"늙은 양반아, 좀 더 유쾌한 생각을 해보자고. 이제 점점 집이 가까워지고 있잖아. 물고기의 살점이 18킬로그램만큼 떨어져나간 것도, 그만큼 가벼워졌으니까 배가 더 빨리 달릴 거라 생각하라고."

하지만 노인은 배가 조류 안으로 들어가면 어떻게 될지 잘 알고 있었다. 지금으로선 달리 방법은 없었다.

"아냐, 뭔가 방법이 있을 거야. 노 끝에 칼을 묶어놓으면 돼." 노인이 큰 소리로 말했다.

그는 키를 겨드랑이에 끼우고 발로 돛자락을 밟고 무기를 만들었다.

"난 그저 늙은이일 뿐이지만 이제 무기가 없는 것도 아니야."

다시 미풍이 불어왔고 배는 순조롭게 달리고 있었다. 노인은 손상되지 않은 대어의 앞부분만 바라보았다. 노인의 마음에 희망이 다시 돌아왔다.

'희망을 포기하는 건 어리석은 일이야. 아니 그건 죄악이야. 죄에 대해서는 생각하지 말기로 하자. 지금은 죄악[28]에 대해 생각할 상황이 아니잖아. 게다가 난 죄악이 뭔지도 잘 모르니까.' 노인은 생각했다.

---

28 여기에서는 종교적인 의미임

'나는 죄악에 대해 잘 알지도 못하고, 그런 게 있는지도 확실히 인식하지 못하고 있어. 그렇다 치더라도 내가 큰 물고기를 죽인 것은 아마 죄가 되겠지. 설사 내가 먹고 살려고 여러 사람에게 먹이려고 죽인 거라고 해도 죄가 될 거야. 그러면 세상에 죄가 아닌 것이 없겠지. 하여간 지금은 쓸데없이 죄에 대해 생각하지는 말자. 그런 생각을 하기엔 때가 늦었고, 또 돈을 받고 죄에 대해 생각해주는 사람들도 있으니까. 죄에 대한 걱정은 그런 사람들에게 맡기면 되는 거지. 물고기가 물고기로 태어난 것처럼 나는 어부로 태어났잖아. 성 베드로나 디마지오의 아버지도 어부였어.' 노인은 생각했다.

노인은 자신과 관련된 일이라면 뭐든지 생각하기를 좋아했다. 읽을거리도 없고 라디오도 갖고 있지 않았기 때문에 자연히 혼자 별의별 생각을 하게 되었다. 그중 한 가지가 죄악이었다.

'네가 대어를 죽인 것은 먹고살기 위해서나 시장에 팔기 위해서만은 아니었어. 자존심 때문에 또 어부이기 때문에 그놈을 죽인 거지. 너는 그놈이 살아있을 때도 그놈을 사랑했고 죽은 뒤에도 사랑했지. 물고기를 진심으로 사랑했다면 죽여도 죄가 되지 않는 거야. 아니, 더 무거운 죄가 될까?' 노인은 생각했다.

"이 늙은이가 쓸데없는 생각이 너무 많구먼."

그는 소리 내어 말했다.

'하지만 너는 마코상어를 죽일 때 즐기고 있었잖아. 그놈도 너처럼 날고기를 먹고 사는 동물이지. 썩은 고기를 먹고사는 상어도 있지만 그놈은 게걸스레 먹어치우는 부류가 아니라 제법 고상하고 두려움을 모르는 놈이지.' 노인은 생각했다.

"내가 놈을 죽인 건 정당방위였다고. 그리고 떳떳한 방식으로 찔러 죽였어."

노인은 큰소리로 외쳤다. 문득 이런 생각이 떠올랐다.

'세상의 모든 동물들은 어떤 식으로든 다른 동물을 죽이면서 살아가고 있어. 고기잡이는 나를 먹여 살리지만, 동시에 나를 죽이기도 하지. 그 아이는 나를 살려주고 있어. 나 자신을 속이면 안 돼.'

노인은 뱃전으로 몸을 내밀고 상어에게 물어뜯긴 부분의 살점을 조금 뜯었다. 그것을 입에 넣고 고기의 질과 맛을 음미했다. 소고기처럼 단단하고 물기가 많지만 붉은색은 아니었다. 질긴 힘줄도 없어서 시장에서 최고가를 받을 수 있는 고기였다. 하지만 바닷물에 퍼진 대어의 피 냄새를 지울 방법은 없었기 때문에 노인은 불행한 사태를 미리 알아차리고 있었다.

여전히 미풍이 불고 있었다. 바람이 동북쪽으로 방향이 바뀌긴 했지만 전혀 멈출 것 같지는 않았다. 사방을 둘러보았지만 돛이나 선체나 배에서 피어오르는 연기조차 보이지 않았다. 뱃머리 쪽에서 뛰어오르는 날치와 수면 위로 떠다니는 누런 모자반 해조류만 보일 뿐이었다. 지나가는 새조차 한 마리도 없었다.

노인은 선미 쪽에 앉아 쉬면서 기운을 회복하려고 청새치 고기를 씹으면서 두 시간 정도 항해하던 중 상어 두 마리 가운데 앞서 오는 놈이 보였다.

"아아!"

노인의 입에서 절망의 신음이 터져 나왔다. 쇠못이 손바닥을 뚫고 판자에 박힐 때 저절로 외치게 되는 그런 비명이었다.

"그놈들이군."

노인은 소리 내어 말했다. 두 번째로 유유히 따라오는 상어의 지느러미도 보았다. 갈색의 삼각 지느러미와 쓸고 지나가는듯한 꼬리의 모습으로 보아 삽살코 상어임에 틀림없었다. 놈들은 배가 고픈 데다 피 냄새를 맡고 너무나 흥분한 상태라서 피 냄새를 놓쳤다가 다시 감지했다가 하면서 점점 더 다가오고 있었다.

노인은 돛을 단단히 묶고 키도 움직이지 않도록 고정시켰다. 그러고 나서 칼을 묶어 놓은 노를 들어올렸다. 두 손의 상처 때문에 힘을 들이지 않고 가만히 붙잡고, 손가락들을 폈다 쥐었다를 반복했다. 두 손의 고통에도 불구하고 꽉 움켜쥐고는 상어가 다가오는 것을 기다렸다. 넓적한 삽같이 생긴 머리통이 나타나고 하얗고 넓은 가슴지느러미도 보였다.

상어 중에서도 제일 혐오스럽고 악취를 내뿜는 상어들이었다. 왜냐하면 이놈들은 먹이를 죽이기도 하지만 썩은 고기도 먹어치우기 때문이다. 배가 고프면 배의 노나 키라도 물어뜯어 버린다. 수면에 떠서 가만히 잠들어 있는 거북의 다리를 잘라먹는 놈들도 바로 이 놈들이다. 배가 고플 때는 피 냄새가 나지 않아도 사람을 공격하기도 한다.

"아! 갈라노[29] 네놈이냐! 어서 덤벼라. 갈라노야."

마침내 첫 번째 상어가 다가왔다. 하지만 놈들은 마코 상어와 달리 선불리 덤비지는 않았다. 한 놈이 몸을 돌려 배 밑으로 들어가 버렸는데, 그놈이 몸을 흔들며 고기를 물어뜯을 때마다 배가 함께 흔들렸다.

다른 놈은 가늘게 찢어진 눈으로 노인을 쳐다보다가 쏜살같이 다가와 반원형 주둥이를 쩍 벌리고 달려들었다. 그놈은 이미 물어뜯긴 부위를 노렸다. 머리통과 척추가 이어진 부위에 줄무늬가 선명하게 이어져 있었다.

29 멋지거나 용감하거나 우아한 것을 뜻하는 말이지만 여기에선 삽살코 상어를 가리킴

노인은 거기를 겨냥하여 노에 묶은 칼로 푹 찌르고, 이번엔 고양이 눈처럼 누런 눈알을 내리찍었다. 상어는 고기에서 떨어져나가 죽으면서도 물어뜯은 고기조각을 삼키고 있었다.

하지만 아직 다른 상어가 배 밑에서 고기를 물어뜯고 있었기 때문에 배가 요동치고 있었다. 노인이 돛줄을 풀어 돛을 내려버렸다. 선체가 옆으로 돌자 상어가 모습을 드러냈다. 그는 뱃전에 몸을 내밀고 기회를 놓칠세라 재빨리 상어의 몸통을 찔렀다. 하지만 표피가 단단하여 깊숙이 찌르지는 못했다. 오히려 힘껏 내리 찌르느라 손과 어깨까지 저렸다.

그런데 상어는 수면 위로 대가리를 내밀고 다가왔고, 놈이 코를 보이면서 고기를 덮칠 때 노인은 놈의 대가리 한가운데를 제대로 내리찍었다. 그는 칼을 뽑아들고 다시 같은 부위를 찍어버렸다. 그런데도 상어는 여전히 고기를 물고 있었다. 이번에는 상어의 왼쪽 눈알을 찔렀다. 하지만 상어란 놈은 아직도 버티고 있었다.

"아직도 부족한 거냐?"

노인은 이렇게 말하고 척추와 머리통 사이 틈으로 칼날을 박아 넣었다. 연골이 갈라지는 것이 느껴졌고 힘도 덜 들었다. 노인은 노를 거꾸로 잡고 상어의 이빨 사이에 노깃을 비틀어 넣어 아가리를 벌렸다. 노를 한 바퀴 돌리자 마침내 상어가 떨어져나갔다.

"잘 가거라. 갈라노야. 바다 밑 깊숙이 가라앉아 친구나 어미를 만나려무나."

노인은 힘겹게 숨을 몰아쉬며, 칼날을 닦고 노를 내려놓았다. 그러고 나서 돛줄을 묶어 돛이 바람을 안고 배가 달려가도록 했다.

"상어 놈들이 물고기의 사분의 일은 뜯어먹은 것 같군. 그것도 제일 맛있는 부위를 먹어버렸네."

노인이 큰소리로 우울하게 말했다.

"차라리 내가 너를 잡은 것이 꿈이었으면 좋겠구나. 잡지 않는 편이 더 좋았을 것을. 물고기야, 미안하구나. 모든 일이 엉망이 되고 말았어."

노인은 이제 할 말을 잃었다. 물고기를 쳐다보고 싶지도 않았다. 피가 거의 빠져나가고 바닷물에 씻겨진 고기는 거울의 뒷면처럼 탁한 은색을 띠었다. 그래도 아직 줄무늬는 선명했다.

"물고기야, 내가 이렇게 멀리 나오지 말 걸 그랬구나. 그랬으면 너에게나 나에게나 더 좋을 뻔했는데, 미안하구나."

노인은 다시 혼잣말을 중얼거렸다.

'이제 칼이 잘 묶여있는지 살펴보고 혹시 끈이 끊기지는 않았는지 확인해야겠군. 상어는 또 몰려올 테니 손을 제대로 놀릴 수 있도록 해야 해.' 노인은 생각했다.

"칼날을 갈 숫돌이 있으면 좋으련만."

노인은 노 손잡이에 칼이 제대로 묶였는지 확인했다.

"숫돌을 갖고 왔으면 좋았을 텐데."

'갖고 왔으면 좋았을 물건이 한두 가지가 아니군. 하지만 이 늙은 양반아, 그런 생각을 한들 무슨 소용이야? 지금은 없는 물건을 생각할 때가 아니라, 지금 갖고 있는 물건으로 무엇을 할 수 있는지 궁리해야 해.'

"여러 가지 좋은 충고를 해주는구먼. 이제 그런 충고도 지겨워졌어."

노인은 큰소리로 중얼거렸다. 배는 계속 앞으로 나아가고 있었고, 노인은 겨드랑이에 키를 끼운 채 두 손을 물속에 담갔다.

"마지막 놈이 얼마나 뜯어먹었는지 모르겠군. 하지만 배는 가벼워졌어."

노인은 물어뜯긴 고기의 아랫배 부위에 대해서는 생각하고 싶지 않았다. 상어들이 쿵하고 둔탁하게 덮칠 때마다 살점이 떨어져나갔을 테니, 지금은 떨어져나간 살점들이 바다의 모든 상어들을 불러올 만큼 바다에 고속도로를 깔아놓은 것이나 마찬가지라는 걸 노인은 잘 알고 있었다.

'이 고기 한 마리면 한 사람이 겨울 내내 먹고 살 수 있을 텐데.' 노인은 생각했다.

'그런 생각은 이제 그만두자. 그냥 휴식을 취하면서 남은 고기라도 지킬 수 있는 방법이나 생각해 보자. 이제 근처 바다에는 피 냄새가 넓게 번져있을 텐데 내 손에서 나는 비린내는 별것도 아니지. 내 손은 피를 많이 흘린 것도 아니야. 상처도 그렇게 대단치도 않고 또 피를 흘린 덕분에 왼손에 쥐가 날 걱정은 줄어들었다.

그럼 이제 무슨 생각을 해야 하나? 아무것도 없어. 아무 생각도 하지 말고 그저 상어 놈들이나 대비해야 한다. 차라리 그냥 이게 꿈이면 좋겠다. 그래도 혹시 모르는 일이지. 일이 잘 풀리게 될지도 몰라.'

그 다음에 습격해온 놈은 삽살코 상어 한 마리였다. 이놈은 마치 여물통에 주둥이를 들이대는 돼지처럼 다가왔다. 사람 머리가 들어갈 만한 큰 주둥이를 가진 돼지 같은 모습이었다. 노인은 상어가 고기를 깨물 때까지 기다렸다가 노 끝에 묶은 칼로 머리통을 내리찍었다. 그런데 상어가 몸을 뒤집으면서 발버둥치는 바람에 칼날이 뚝하고 부러지고 말았다.

그는 마음을 진정하고 키를 잡았다. 커다란 상어는 처음엔 실제 크기에서 차츰 작아지면서 나중에는 작은 점이 되어 천천히 가라앉았는데 평소엔 유쾌한 기분으로 바라보았으나 지금은 거들떠보기도 싫었다.

"아직 작살이 남아 있어. 하지만 별로 쓸모는 없을 거야. 그래도 노 두 개에다 키 손잡이와 짧은 몽둥이가 하나 있으니까 괜찮아."

'결국 나는 상어 놈들에게 지고 마는구나. 이제 너무 늙어서 몽둥이로 상어를 때려죽일 기운이 없어. 하지만 내게 노와 짧은 몽둥이 그리고 키 손잡이가 있는 한 끝까지 싸워볼 테다.' 노인은 생각했다.

노인은 두 손을 물에 담갔다. 이미 날이 저물어서 하늘과 바다밖에는 아무 것도 보이지 않았다. 바람은 아까보다 세차게 불었다. 이제는 빨리 육지가 보이길 바랄 뿐이었다.

"늙은 양반아, 이제 지쳤구먼. 속 깊숙이까지 완전히 지쳐버렸어." 그가 말했다.

상어 떼가 다시 습격한 것은 해가 지기 직전이었다. 고기가 바다에 만들어 놓은 뚜렷한 길을 따라 다가오는 갈색 지느러미들이 보였다. 놈들은 이제 냄새를 찾아 헤매지도 않고 일직선으로 어깨를 나란히 하고 배를 향해 다가왔다.

그는 키를 고정시키고 돛줄을 단단히 묶은 다음 선미 밑창에서 몽둥이를 꺼냈다. 그것은 부러진 노 손잡이를 잘라서 만든 60센티미터 정도의 몽둥이였다. 손잡이가 있어서 쥐고 다루기가 편했다. 노인은 오른손으로 그것을 꽉 잡고 왼손은 쥐었다 폈다 하면서 상어들을 지켜보았다. 두 마리 모두 갈라노 상어였다.

'첫 번째 놈이 고기를 물면 콧등이나 정수리를 정통으로 갈겨버려야지.' 이렇게 생각하고 있었다.

두 마리는 사이좋게 다가왔고 첫 번째 상어가 고기의 은빛 옆구리를 노리고 덤벼들 때 노인은 몽둥이를 쳐들고 널찍한 머리통을 힘껏 갈겨버렸다. 몽둥이로 타격할 때 고무 같은 탄력과 단단한 뼈의 감촉도 느껴졌다. 상어가 고기로부터 떨어져나가는 순간 재차 콧등을 힘껏 강타했다.

다른 녀석은 물속으로 들어갔다가 나왔다가 하더니 주둥이를 벌린 채 다가왔다. 놈이 고기를 베어 물고 주둥이를 닫을 때 양옆으로 살점이 삐져나온 것이 보였다. 노인은 힘껏 몽둥이를 휘둘러 놈의 골통을 내리쳤지만,

놈은 노인을 슬쩍 바라보고 다시 고기를 물어뜯었다. 상어가 살점을 삼키려고 뒤로 물러날 때 다시 몽둥이로 타격을 가했지만 육중하고 단단한 고무의 탄력만이 느껴질 뿐이었다.

"아! 갈라노야. 어서 덤벼봐라!" 노인이 소리쳤다.

상어는 번개같이 달려와서 고기를 물어뜯었다. 노인은 그때마다 몽둥이를 높이 치켜들었다가 힘껏 내리쳤다. 이번엔 골통 아래쪽 뼈에 맞는 감촉이 느껴졌다. 상어가 천천히 살점을 물어뜯고 달아날 때 같은 부위를 후려갈겼다.

노인은 상어들이 다시 덤벼들기를 기다렸다. 하지만 두 놈 모두 나타나지 않았다. 잠시 시간이 지나고 나서 한 놈이 수면 위에 원을 그리며 움직이는 것이 보였다. 다른 놈은 이제 등지느러미조차 보이지 않았다.

'내가 이런 몽둥이로 저놈들을 죽일 수 있다고는 생각할 수 없지. 젊었을 때라면 충분히 죽일 수 있었겠지만 말이야. 그래도 두 놈 모두 몸이 성치는 못할 거야.'

노인은 생각했다.

'양손으로 몽둥이를 휘두를 수 있다면 먼저 덤벼들었던 놈은 확실히 죽여 버릴 수 있었을 텐데. 아니 지금이라도 해치울 수 있을 거야.' 노인은 생각했다.

노인은 애써 물고기에서 시선을 피했다. 이미 절반이나 살점이 사라져 버린 것을 알기에 차마 볼 수가 없었다. 상어와 싸우는 사이에 해는 이미 수평선 아래로 떨어졌다.

"이제 곧 어두워지겠군. 그럼 아바나의 불빛이 보일 테지. 만일 여기가 너무 멀리 동쪽으로 나와 있다면 다른 해안선의 불빛이 보일 거야."

'이제 해안에서 그다지 멀지는 않을 텐데. 나 때문에 사람들이 걱정하지 않았으면 좋겠군. 물론 그 아이는 내 걱정을 하고 있겠지. 그 아이는 나를 끝까지 믿고 있을 거야. 늙은 어부들도 나를 걱정하고 있겠지. 나는 인정이 넘치는 마을에 살고 있는 거야.' 노인은 생각했다.

물고기의 몸통이 이제 너무 심하게 훼손되었기 때문에 더 이상 대화를 나눌 수도 없었다. 그때 문득 어떤 생각이 떠올랐다.

"몸이 절반만 남았구나. 한때는 온전한 몸이었는데. 내가 너무 멀리까지 나온 게 나빴어. 내가 우리 둘을 망치고 만 거야. 미안하구나."

노인이 계속 말했다.

"그래도 너와 내가 상어를 많이 해치웠잖니. 물고기야. 너는 지금까지 얼마나 많이 죽였니? 네 머리에 창처럼 뾰족한 주둥이가 괜히 달린 건 아니겠지?"

노인은 물고기에 대해서 상상해보았다.

'만일 이 물고기가 자유롭게 헤엄치면서 돌아다닌다면 상어를 상대로 어떻게 싸웠을까? 이럴 줄 알았으면 물고기의 주둥이를 잘라내어 그걸로 상어를 공격했으면 좋았을걸. 만일 그걸 잘라서 노의 손잡이에 묶어 놓았다면 얼마나 멋진 무기가 되었을까? 그렇게 했다면 나와 물고기가 함께 싸운 셈이었을 텐데. 그나저나 한밤중에 상어들이 덤벼들면 어떻게 하지?'

노인은 생각했다.

"어떻게 하긴 뭘 어떻게 해. 놈들과 싸워야지. 죽을 때까지 싸울 거야." 그가 말했다.

이제 사방은 어두워졌고 별빛도 불빛도 보이지 않았다. 그저 불어오는 바람에 돛이 팽팽하게 긴장되어 있었다. 노인은 문득 자신이 이미 죽은 건 아닐까 하는 생각도 들었다. 노인은 양 손바닥을 맞대보았다. 손바닥을 폈다 접었다 해보니 통증이 느껴졌다. 확실히 살아있는 것이었다. 이번엔 등을 선미에 기대어 보았다. 역시 죽지 않았음을 알 수 있었다. 양쪽 어깨의 감각이 그것을 말해주고 있었다.

'만일 고기를 잡으면 외우겠다고 맹세했던 기도문이 있었지. 그런데 지금은 너무나 몸이 지쳐서 욀 수가 없군. 포대를 찾아서 어깨를 덮고 있어야겠군.'

노인은 생각했다.

노인은 선미 쪽에 누워서 키를 잡았다. 이젠 하늘이 훤하게 밝아지기만을 기다릴 뿐이었다.

'그래도 고기가 아직 반은 남아 있어. 잘하면 앞쪽 부분은 가지고 돌아갈 수 있을지도 몰라. 내게 운이 조금은 남아 있을 거야. 아니야. 네가 너무 멀리까지 나왔을 때 이미 행운을 저버린 거야.' 노인은 생각했다.

"바보 같은 생각은 이제 그만하자. 정신 바짝 차리고 키나 똑바로 잡아. 이제부터라도 행운이 찾아와줄지도 몰라." 노인이 큰소리로 중얼거렸다.

'행운을 파는 곳이 있다면 좀 사고 싶군. 하지만 뭘 가지고 사지? 잃어버린 작살과 부러진 칼과 상처 입어 엉망이 된 이 손으로 행운을 살 수 있을까? 살 수 있을지도 몰라. 너는 바다에서 보낸 여든 하고도 나흘 동안 그걸 사려고 했지. 그래서 거의 살 뻔 했잖아.'

쓸데없는 생각은 하지 말자고 노인은 생각했다.

'행운이란 예측할 수 없고, 여러 가지 형태로 찾아오는 거니까 미리 알 수는 없어. 하지만 나는 어떤 형태의 행운이라도 어느 정도는 갖고 싶다. 그리고 얼마를 요구하든 지불할 거야. 하늘에 훤한 불빛이 보이면 좋겠는데. 내가 바라는 게 너무 많구나. 하여튼 무엇보다 지금 당장 제일 바라는 건 밝은 불빛을 보는 거야.'

노인은 최대한 편한 자세로 앉아 키를 잡았지만, 몸에 느껴지는 통증은 여전했다. 그 지독한 통증 때문에 노인은 자기가 살아 있음을 피부로 느꼈다.

추측이지만 밤 열 시쯤 아바나 시의 불빛이 하늘에 반사되어 보였다. 처음에는 달이 뜨기 직전처럼 어렴풋한 밝기였다. 그러더니 바람이 점점 거세지면서 바다도 거칠어졌다. 그리고 바다 너머로 도시의 불빛이 확실히 보이기 시작했다. 그는 불빛이 보이는 쪽으로 배를 돌리며 멕시코 만류의 가장자리로 들어갈 것이라고 생각했다.

이제 다 끝났다고 노인은 생각했다. 어쩌면 상어들이 다시 덤벼들지도 모른다. 하지만 캄캄한 밤에 무기도 없이 상어를 당해낼 수는 없는 노릇이니까.

노인의 몸이 뻣뻣해지면서 온몸 여기저기가 쑤시고 아팠다. 밤의 냉기 때문에 상처난 곳과 긴장되었던 근육이 점점 더 욱신거리고 아팠다. 더 이상 싸우지 않아도 되길 바랄뿐이었다. 정말 다시 싸우지 않아도 된다면 오죽이나 좋을까!

그러나 자정 쯤 노인은 다시 격전을 치러야 했다. 이제는 승산 없는 싸움이라는 것을 인정할 수밖에 없었다. 상어가 떼로 몰려왔고 노인에겐 지느러미들이 수면을 길게 긋는 선과 고기에게 덤벼들 때의 인광만 보였다.

노인은 몽둥이로 상어의 골통을 마구 강타했다. 상어 주둥이가 갈라지는 소리도 들렸다. 살점을 뜯어먹는 소리가 그치지 않았고, 상어가 배 밑으로 들어갈 때는 배가 요동을 치곤했다. 노인은 촉감과 소리에 의지하여 몽둥이를 마구 휘둘렀다. 그러다가 뭔가가 몽둥이를 붙잡는 듯하더니 몽둥이마저 사라지고 말았다.

노인은 키에서 손잡이를 잡아 뽑아 양손으로 쥐고 닥치는대로 휘둘렀다. 상어들은 이제 뱃머리 쪽으로 옮겨가더니 한 놈씩 또는 한꺼번에 덤벼들어 고기를 물어뜯기 시작했다. 놈들이 재차 공격하려고 되돌아 올 때 바다에는 물어뜯긴 고기 살점들이 흩어져 밝은 빛을 발하고 있었다.

마지막으로 한 마리가 고기의 머리를 향해 돌진해 올 때 노인은 모든 것이 끝났다는 것을 알게 되었다. 그놈은 물어 뜯기지도 않는 고기의 거대한 머리통을 물고 늘어졌는데, 노인은 그 상어의 골통을 손잡이로 연거푸 힘껏 후려갈겼다. 손잡이가 부러졌지만 개의치 않고, 오히려 부러져서 뾰족해진 끝으로 상어를 쑤셔버렸다.

깊숙이 뚫고 들어가는 느낌이 있어서 그것을 빼내어 다시 한 번 찔렀다. 그러자 상어는 입을 열고 맥없이 떨어져나갔다. 그놈이 덤벼든 마지막 놈이었다. 이젠 더 이상 물어뜯을 고기는 남아있지 않았다.

노인은 이제 숨도 쉬기 힘들었고, 입안에선 이상한 맛이 느껴졌다. 마치 구리쇠 같은 들척지근한 맛이었다. 노인은 더럭 겁이 났지만 그리 많은 양이 아니라서 그것을 바다에 뱉으며 외쳤다.

"갈라노 놈아, 이거나 먹어라! 그리고 사람 죽인 꿈이나 꾸어라!"

노인은 이제 자신이 완전히 패배하고 말았다는 사실을 깨달았다. 그는 선미로 가서 톱니처럼 부러진 키 손잡이를 살펴보았다. 그래도 손잡이는 배를 조종할 수는 있을 만큼 키 구멍에 잘 맞춰졌다. 그는 어깨에 포대를 걸치고 배의 진로를 똑바로 조종했다.

배는 바다 위를 미끄러지듯 달려 나갔다. 이제 아무런 생각도 아무런 감정도 느껴지지 않았다. 그는 모든 것을 제쳐놓고, 항구로 배를 모는 일에만 신경을 기울였다.

누군가 식탁에서 음식 부스러기를 주워 먹는 것처럼, 상어들이 고기 잔해에 덤벼들곤 했다. 하지만 노인은 이제 상어들에겐 아무 관심도 없었다. 그는 키를 조종하는 일에만 집중했다. 뱃전에 묶였던 무거운 짐을 덜어낸 배가 얼마나 가볍게 바다 위를 미끄러지는지만 느꼈다.

'배는 이상이 없구나. 배는 괜찮아. 키 손잡이 말고는 아무 손상이 없군. 손잡이 같은 거야 쉽게 바꿔 끼울 수 있으니까 상관없지.' 노인은 생각했다.

그는 이제 배가 조류 안으로 들어온 것을 알았고 해안을 따라 늘어서 있는 마을의 불빛이 보였다. 이제 배의 위치를 확실히 알고 있으므로 집에 돌아가는 것은 너무나 쉬운 일이었다.

'하여튼 바람은 우리의 진정한 친구지.'

노인은 생각했다.

'물론 언제나 그런 것은 아니지만.'

노인은 그렇게 단서를 붙였다.

'거대한 바다에는 친구도 있고 적도 있지. 또 침대도 내 친구야. 침대는 참 좋은 물건이지. 내가 패배했을 때도 편안하게 누울 수가 있지. 침대가 얼마나 편안한 존재인지 전에는 미처 알지 못했다. 그런데 너를 이렇게 녹초로 만들어버린 것은 무엇인가?'

노인은 가만히 생각해 보았다.

"아무것도 없어. 그저 내가 너무 멀리까지 나간 것이 문제였어." 노인은 큰소리로 말했다.

노인이 마침내 작은 항구로 돌아왔을 때 '테라스'의 불은 꺼져 있었다. 다들 잠자고 있는 것이었다. 바람이 처음엔 계속 미풍이었지만, 차츰 거센 바람으로 바뀌고 있었다. 하지만 항구에는 아무런 인기척이 없었다.

노인은 바위 아래 자갈밭에 배를 댔다. 도와주는 이가 아무도 없었지만, 노인은 혼자서 가능한 한 배를 육지 깊숙이까지 끌어올렸다. 그 다음 배에서 내려 배를 바위에 단단히 묶어놓았다.

노인은 돛대를 내리고 돛으로 감아서 묶어놓았다. 그러고 나서 돛대를 어깨에 짊어지고 언덕길을 올라갔다. 그제야 자신의 몸이 얼마나 녹초가 되었는지 느껴졌다. 잠시 발걸음을 멈추고 돌아다보니 가로등 불빛에 물고기의 몸통이 선미 뒤에 솟아있고 꼬리는 수직으로 서 있는 것이 보였다. 허연 등뼈와 뾰족하게 돌출된 주둥이가 달린 머리통, 그리고 그 사이는 텅 비어 있었다.

그는 다시 비탈길을 오르기 시작했다. 언덕 꼭대기에 이르자 다리에 힘이 풀려 넘어졌고 돛대를 둘러맨 채 그대로 잠시 누워서 쉬었다. 그리고 일어나려고 힘을 썼지만 힘겨워서, 돛대를 어깨에 걸친 채 앉아서 길 쪽을 바라보았다. 그때 고양이 한 마리가 오줌을 싸려고 길을 건너고 있었다. 노인은 고양이를 쳐다보다가 멍하니 길을 바라보고 있었다.

잠시 후 노인은 돛대를 내려놓고 일어났다. 그리고 다시 돛대를 들어 어깨에 매고 걷기 시작했다. 자신의 판잣집까지 도착하기까지 그는 다섯 번이나 쉬어야 했다.

판잣집에 들어간 노인은 돛대를 벽에 기대어 두었다. 캄캄한 방에서도 그는 익숙하게 물병을 찾아 물을 들이켰다. 그 다음엔 침대에 드러누웠다. 엎드려서 담요를 어깨와 등과 다리를 덮고 신문지에 얼굴을 묻고 두 팔은 쭉 펴고 손바닥을 위로 향하게 하고 잠이 들었다.

이튿날 아침 소년이 판잣집을 들여다보았을 때 노인은 잠에 빠져 있었다. 그날은 마침 바람이 너무 거세어서 유망[30] 어선조차 출어할 수 없을 정도였기 때문에 소년은 늦잠을 자고 일어나, 습관적으로 노인의 판잣집에 와 본 것이다. 소년은 깊이 잠든 노인이 숨을 쉬고 있는지 확인하고 나서 눈물을 흘리기 시작했다. 그리고 커피를 갖다드리려고 조용히 판잣집을 빠져나와 길을 내려가면서도 줄곧 눈물이 멈추지 않았다.

많은 어부들이 노인의 조각배 주위에 모여 뱃전에 매달린 것을 구경하고 있었다. 어떤 어부는 바지를 걷고 물에 들어가 낚싯줄로 고기 뼈의 길이를 재고 있었다. 소년은 거기에 합류하지 않았다. 이미 살펴본 것이다.

"노인네는 어떠시니?" 어떤 어부가 물었다.

"지금은 주무세요." 소년이 대답했다.

소년은 자기가 눈물을 흘린 것을 어부들이 쳐다보았지만 상관하지 않고 말했다.

30 고기의 통로인 물의 흐름을 횡단하여 그물을 쳐서, 그물 구멍에 고기가 끼거나 물리게 하여 잡는 고기잡이 방식

"할아버지를 깨우지 마세요."

"코에서 꼬리까지 5미터 50센티나 되는군."

길이를 재본 어부가 큰소리로 말했다.

"그 정도 될 거예요." 소년이 말했다.

소년은 테라스에 들어가서 커피 한 잔을 시켰다.

"뜨거운 걸로 주세요. 우유하고 설탕도 듬뿍 넣어주세요."

"더 필요한 건 없니?"

"네, 지금은 없어요. 나중에 할아버지가 뭘 드실지 여쭤볼게요."

"정말 엄청난 물고기야. 난생처음 보는 거대한 놈이야. 어제 네가 잡은 두 마리도 꽤 괜찮은 편이었다만."

테라스 주인이 말했다.

"제가 잡은 거요. 그까짓 거는 별것도 아니죠."

소년이 말하고는 다시 울기 시작했다.

"너도 뭐 좀 마실래?" 주인이 물었다.

"아뇨. 사람들에게 산티아고 할아버지를 귀찮게 하지 말라고 전해주세요. 이만 가볼게요." 소년이 말했다.

"내가 걱정하더라고 전해다오."

"고맙습니다." 소년이 인사했다.

소년은 뜨거운 커피를 담은 깡통을 들고 노인의 판잣집으로 가서 노인이 깨어날 때까지 곁에 앉아 있었다. 노인은 한 번 깰 듯 움직였지만 다시 깊은 잠에 빠졌고, 소년은 길 건너편에 가서 나무를 얻어다가 식어버린 커피를 다시 데웠다.

마침내 노인이 잠에서 깨어났다.

"할아버지, 일어나지 마세요."

소년이 걱정스레 말했다.

"이걸 좀 드세요."

소년은 유리컵에 커피를 조금 따랐다.

노인은 그걸 받아들고 마셨다.

"내가 놈들에게 졌어. 완전히 패배했어."

"할아버지는 물고기한테 진 게 아니에요. 절대로요."

"맞아. 그래. 내가 패배한 건 그보다 나중일이지."

"페드리코 아저씨가 배와 도구를 손질하고 있어요. 물고기 대가리는 어떻게 하시겠어요?"

"페드리코에게 시켜서 미끼로 쓰라고 하지."

"창처럼 뾰족한 주둥이는요?"

"원한다면 네가 가지거라."

"네, 제가 갖고 싶어요. 이제 그 고기는 잊어버리고 새로운 계획을 세워야 해요." 소년이 말했다.

"마을 사람들이 나를 찾았었니?"

"그럼요. 해안경비대하고 비행기까지 동원됐어요."

"바다는 막막하게 넓고 배는 아주 작으니까 찾기 어려웠을 거야."

노인이 말했다. 그는 문득 깨달았다. 바다와 자신만을 상대로 대화를 하다가, 이렇게 진짜 이야기 상대와 대화를 나누는 것이 얼마나 즐거운 일인지 절감한 것이다.

"바다에 있는 동안 네가 보고 싶더구나. 근데 너는 얼마나 잡았니?"

노인이 물었다.

"첫날은 한 마리 잡았고요. 이튿날에도 한 마리, 셋째 날은 두 마리를 잡았어요."

"잘 했구나."

"이제 할아버지와 함께 고기 잡으러 갈래요."

"그건 안 돼. 나는 운이 끝난 사람이니까."

"그런 말씀 마세요. 운은 제가 챙겨 갖고 갈게요."

"네 부모들이 뭐라고 할 텐데."

"상관없어요. 어제도 두 마리나 잡았으니까요. 하지만 아직 저는 배워야 할 게 많으니까 앞으로는 할아버지와 같이 다닐게요."

"괜찮은 고기잡이 작살을 한 자루 싣고 다녀야겠다. 고물 포드 차의 스프링을 이용하면 창날을 만들 수 있겠지. 과나바코아[31]에 가서 그걸 날카롭게 갈면 돼. 근데 너무 달구면 안 돼, 부러지기 쉬우니까. 내 칼은 부러져 버렸단다."

"제가 다른 칼을 구해다 드릴게요. 스프링도 갈아오고요. 이 거친 바람이 얼마나 지속될까요?"

"아마 사흘 정도겠지. 어쩌면 더 길 수도 있고."

"제가 모두 다 준비해 놓을게요. 할아버지는 손이나 치료하세요."

31 아바나 만에 있는 쿠바의 도시. 현재는 아바나로 편입됨

"손 치료 방법은 잘 알아. 근데 지난밤에 이상한 걸 뱉었는데 가슴이 찢어지는 것처럼 아프더구나."

"그것도 어서 치료하시고요. 누워 계세요. 할아버지. 제가 깨끗한 셔츠랑 드실 걸 좀 갖다 드릴게요."

"내가 없는 동안 신문 온 게 있으면 좀 갖다다오."

노인이 말했다.

"할아버지는 저한테 뭐든지 가르쳐 주셔야 하니까 빨리 나으셔야 해요. 근데 얼마나 고생하신 거예요?"

"상당히 고생했지."

"드실 음식하고 신문을 갖고 올게요. 약국에서 손에 바를 연고도 사 오고요." 소년이 말했다.

"페드리코에게 고기 대가리 가져가라고 말해."

"네, 잊지 않을게요."

소년은 밖으로 나와 발길에 닳은 산호초 길을 따라 걸어가면서 소리 내어 울음을 터뜨렸다.

그날 오후 테라스에 관광객 일행이 찾아왔다. 빈 맥주캔과 생선 꼬치구이 사이로 바다를 내려다보던 어떤 여자가 거대한 꼬리를 가진 커다란 등뼈를 발견했다.

항구 밖으로부터 동풍이 불어와 생긴 거센 파도가 그 등뼈를 수면 위에서 흔들고 있었다.

"저게 뭐예요?"

여자가 웨이터에게 물었다. 그녀의 손은 이제 조류에 휩쓸려 나가기를 기다리는 쓰레기에 불과한 거대한 물고기의 등뼈를 가리키고 있었다.

"티뷰론[32]이죠. 말하자면 상어랍니다."

웨이터가 대답하고는 해변에서 일어난 일을 자세히 설명해 주었다.

"상어가 저렇게 근사하고 아름다운 꼬리를 갖고 있는 줄은 몰랐네요."

"나도 그래."

여자와 함께 온 남자가 말했다.

도로 위쪽의 판잣집에선 노인이 다시 깊은 잠에 빠져 있었다. 노인은 아직도 엎드려 잠자고 있었고 소년은 곁에서 노인을 지켜보고 있었다. 노인은 꿈에서 사자들을 보고 있었다.

---

32 거대하고 공격적인 상어라는 뜻의 스페인어

마음을 풍요롭게 바꾸는 책읽기의 즐거움

독서노트

NO.

년

월

열린문학

독서노트

	읽은 날짜	책제목
01	—	
02	—	
03	—	
04	—	
05	—	
06	—	
07	—	
08	—	
09	—	
10	—	
11	—	
12	—	
13	—	
14	—	
15	—	

작가	페이지	출판사	평가
			그저 그래 재미 있어 완전 감동

	읽은 날짜	책제목
01	—	
02	—	
03	—	
04	—	
05	—	
06	—	
07	—	
08	—	
09	—	
10	—	
11	—	
12	—	
13	—	
14	—	
15	—	

작가	페이지	출판사	평가
			그저 그래 / 재미있어 / 완전 감동

01	책제목	작가

좋은 구절

요약 및 느낀점

02	책제목	작가

좋은 구절

요약 및 느낀점

감상 및 마음에 남는 문장

01	책제목	작가

좋은 구절

요약 및 느낀점

02	책제목	작가

좋은 구절

요약 및 느낀점

01	책제목	작가

좋은 구절

요약 및 느낀점

02	책제목	작가

좋은 구절

요약 및 느낀점

감상 및 마음에 남는 문장

01	책제목	작가

좋은 구절

요약 및 느낀점

02	책제목	작가

좋은 구절

요약 및 느낀점

01	책제목	작가

좋은 구절

요약 및 느낀점

02	책제목	작가

좋은 구절

요약 및 느낀점

감상 및 마음에 남는 문장

01	책제목	작가

좋은 구절

요약 및 느낀점

02	책제목	작가

좋은 구절

요약 및 느낀점

01	책제목	작가

좋은 구절

요약 및 느낀점

02	책제목	작가

좋은 구절

요약 및 느낀점

감상 및 마음에 남는 문장

01	책제목	작가

좋은 구절

요약 및 느낀점

02	책제목	작가

좋은 구절

요약 및 느낀점

01	책제목	작가

좋은 구절

요약 및 느낀점

02	책제목	작가

좋은 구절

요약 및 느낀점

감상 및 마음에 남는 문장

01	책제목	작가

좋은 구절

요약 및 느낀점

02	책제목	작가

좋은 구절

요약 및 느낀점

01	책제목	작가

좋은 구절

요약 및 느낀점

02	책제목	작가

좋은 구절

요약 및 느낀점

감상 및 마음에 남는 문장

01	책제목	작가

좋은 구절

요약 및 느낀점

02	책제목	작가

좋은 구절

요약 및 느낀점

01	책제목	작가

좋은 구절

요약 및 느낀점

02	책제목	작가

좋은 구절

요약 및 느낀점

감상 및 마음에 남는 문장

01	책제목	작가

좋은 구절

요약 및 느낀점

02	책제목	작가

좋은 구절

요약 및 느낀점

01	책제목	작가

좋은 구절

요약 및 느낀점

02	책제목	작가

좋은 구절

요약 및 느낀점